KB216176

송화네 통통통

통통배

송화네 통통통
통통배

반인자 동화 · 이예린 그림

대양미디어

이 책을 읽는 아이들에게

그냥, 아이가 좋았습니다.
엄마가 아기 좋아하고, 아기가 엄마 좋아하듯.
길을 걸어가다
엄마 등에 업힌 아기 보면 귀여워 쳐다보고
유모차 탄 아기도 눈 맞추고 방실방실
아장아장 걷는 아기, 손 한번 잡아주고
책가방 맨 아이는 손 살살 흔들어주면서
눈높이, 귀높이, 어깨높이까지 나란히 나란히 합니다.

아랫집에 네 살 난 꼬마 동이가 살았어요.
어쩌다 들렀더니 그날 할아버지 제사여서 바빴습니다.
마침 동이는 감기를 앓고 있었어요. 기침을 콜록콜록하며,
열도 있습니다. 칭얼칭얼 보채며 엄마를 자꾸 귀찮게 하는 겁

니다.

나보고 동이를 병원에 데리고 가라는 거예요.

옷을 챙겨 입히고는 손잡고 병원에 타박타박 갑니다.

"동이야, 병원에 가면 주사 맞을지 몰라. 따끔하며 조금 아프거든. 동이가 앙앙 울면 어쩌지. 하지만, 주사는 감기라는 나쁜 놈을 얼른 달아나게 해줘!"

나는 동이를 바라보고 눈을 찡긋했지요.

주사 맞을 때, 동이를 품안에 꼭 껴안고 있었습니다.

아무 일도 없었다는 듯, 병원 문을 열며 손잡고 나옵니다.

"안 울고 꾹 참았어!"

동이는 나를 보며 입을 예쁘게 오므립니다.

"와 – 아, 동이 정말 착하구나! 감기라는 놈 얼른 달아나겠다."

우리는 활짝 웃으며 발걸음이 가벼웠죠.

감기는 벌써 멀리멀리 도망을 가고 있을 겁니다.

그 후, 병원에 가려면 저희 엄마가 아닌 나하고 가려 했답니다.

내 가슴을 먼저 따뜻하게 데워주는 아이들.

어찌 예쁘고 귀엽지 않겠어요.

그 초롱초롱 눈빛, 동심을 동화로 그려내고 싶습니다.

그런데 종이 소비량이 해마다 200만 톤이라 합니다.
이는 30년생 나무를 3,500만 그루나 희생시키게 된다고
하네요.
그렇다면, 이 책을 출판하는 것도, 한 그루의 나무쯤 희생
시킨 셈이 됩니다. 그 30년생 나무만큼 우리 친구들이 읽고,
마음을 따뜻하게 채울 수 있을지? 무척, 조심스럽습니다.
백악관의 막강한 힘은 핵이나 미사일에서가 아니랍니다.
도서관 책 읽기에서 나왔다고 하네요.
어린 친구들이 알뜰히 읽으며, 가슴에 용기까지 저장해
놓는 책. 그런 통 통 통 통통배가 되었으면 하고 손을 모아
봅니다.

4347년
2014년 12월 12일
힘차게 달리는 말띠 해에
동시, 동화를 농사짓는 반 인 자

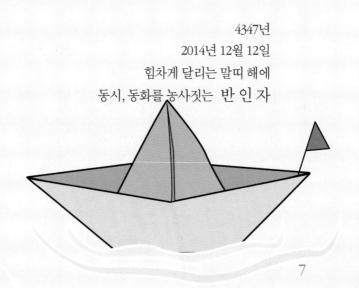

7

차 례

이 책을 읽는 아이들에게 ············005

통통배 ······························011

숲을 만드는 큰 일꾼 ············022

웃음역에 내리면 ···················030

향긋한 요술 더덕 ·················036

꽃새들의 합창 ·····················052

엄마 얼굴 보려면 ·················059

가슴에 묻은 아기코 ··············065

엄마를 살려낸 어린 남매 ·······072

송화네 통통통 통통배

딸의 맥박 소리 ······················078

묵주 알과 염주 알 ··················088

천 원 한 장의 기쁨 ···············093

우리 땅, 우리 농산물 ············098

우정의 눈물 ·······················103

바지만 입던 소녀 ·················111

◇ 추천의 글

반인자 선생님의 남다른

동화의 맛 ·······················124

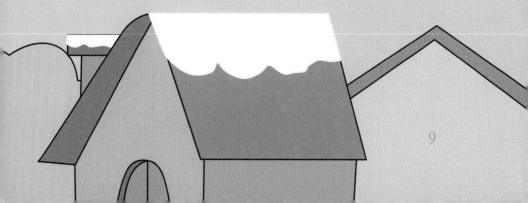

통통배

햇볕이 쨍쨍한 여름 한낮입니다.

바닷가 외딴 집 마당에 채송화가 피었습니다.

담장 너머에는 키가 큰 해바라기 한 그루도 피었습니다.

파도가 철썩철썩 바닷물이 세차게 출렁거립니다. 갈매기들은 무섭지도 않은지 물살 위에 앉아 즐겁게 파도타기를 합니다. 해바라기는 갈매기하고 친구하고 싶습니다. 그런데 가까이 왔다 가도 휭하니 날아가 버리곤 합니다.

'내 어깨 위에 앉아 먼 바다나 섬 이야기라도 들려주면 좋겠지. 갈매기라면 이곳저곳에서 들은 재미있는 이야기 주머니도 불룩 할 텐데.'

이따금 덩치 큰 배가 지나가고, 작은 배도 통 통 통 소리를

내며 지나갑니다.

담 아래를 보니 장독대가 있고 작은 채송화가 보입니다. 심심하던 차에 놀려주고 싶습니다.

"땅 꼬마야, 너는 만날 뭘 찾는다고 땅만 바라보니?"

해바라기는 담 너머로 빨간 채송화를 보고 빈정거립니다.

"난 채송화야, 이름을 불러주면 좋겠어!"

채송화는 속이 상하지만, 애써 차분하고 부드러운 목소리입니다.

해바라기는 작다고 무시한 게 마음에 걸립니다.

"미안해. 사실은 오래 전부터 내려다보며 친구하고 싶었어!"

"이런 쪼그만 내가, 어떻게 친구 될 수 있어?"

채송화는 고개를 반짝 들어봅니다.

"커다란 바위와 풀 한 포기도 친구가 되잖아."

"키가 크니 마음도 넓네!"

"뭘, 그렇게 말하니 부끄럽다."

"먼저, 말 걸어줘서 고마워. 땅을 보는 건, 개미가 꼬물꼬물 내 몸을 타고 기어가는 게 신기해. 내가 흙 속에서 어떻게 나왔나 그것도 궁금하고……."

"너는 궁금쟁이구나?"

해바라기는 채송화가 흙에 납작 앉아 빨갛게 핀 것이 기특하기도 합니다.

"키가 장대처럼 길고, 잎도 우산만큼 넓은데 이름을 불러도 돼?"

"그럼!"

해바라기는 환하게 웃습니다.

"그래도, 제일 큰 왕 언니처럼 보여!"

채송화도 활짝 웃어 봅니다.

"너는 꽃은 작아도 마음은 바다 같이 속이 깊구나?"

"그렇지 못해. 나 같이 작은 게 깊으면 얼마나 깊겠니?"

"몸이 작다고 마음까지 작은 건 아냐. 커다란 코끼리가 새끼를 사랑하는 마음과, 작은 개미가 새끼 사랑하는 마음의 무게가 다르겠니?"

"정말 마음도 넓구나. 해님 바라보는 해바라기 꽃 이름도 예쁘고. 무얼 바란다는 소망 같은 뜻도 함께 있어 좋겠다."

"너는 참으로 속이 깊은 생각쟁이구나!"

"잎도 꽃도 요렇게 작은 내가 뭐! 내 씨는 작아서 손에 잡기도 어려워. 땅에 붙어 낮게 자란다고 해서 땅꽃이라 부르기도 해. 여름 철새인 뜸부기가 날아올 때 핀다 해서 뜸북꽃이라 부르기도 하잖아. 해바라기 씨는 커서 맛있게 먹을 수도 있지. 고소한 기름도 짠다고 들었어."

"그렇긴 해."

채송화는 꽃이나 잎이 큰 해바라기가 부러운 건 아닙니다. 몸이 작아도 불평하지 않고, 작은 대로 만족하며 즐겁게 지냅니다.

그런데, 요즈음 부쩍 외롭고 쓸쓸합니다.

"해바라기야, 궁금한 게 있어!"

"뭔데?"

"며칠 전부터 물어보고 싶었는데, 키가 너무 커서 감히……."

"괜찮아. 어서 얘기해 봐."

해바라기는 세차게 불어오는 바람에 몸이 흔들립니다. 그럴 때면 기둥에 중심을 꽉 잡고 바람에 전부를 맡깁니다. 뿌리를 온 몸으로 부둥켜안고 있는 한 쓰러지지 않습니다.

"누굴 기다린다고 그렇게 매일 바다만 바라보니?"

"누굴 기다리긴? 꿈꾸고 있어! 생각하는 대로 꼭 이루어진다는 믿음을 굳게 갖고."

"꿈이 뭔데?"

"난, 꿈꾸는 걸 좋아 해. 마음 부스러기를 모으면 생각이 조금씩 자라거든. 그러면 무엇이 되고 싶어. 또는 누굴 위해주며 아껴주고 싶은 마음도 흙을 밀고 올라오듯 꿈 싹이 자라."

"어머머, 채송화 언니도 언젠가 내 앞에서 '너는 꿈이 뭐니?' 하고 물어본 일이 있어!"

"채송화 언니라니?"

"이 집 외동딸이 있어. 성이 채 씨고 이름은 송화야. 송화 언니는 해마다 마당 구석구석에 나를 심어. 아침에 활짝 피었다, 오후가 되면 차츰 꽃잎을 닫아 하루살이 꽃이라 부르기도 해. 나팔꽃처럼 아침꽃이라 부르기도 하잖아."

"부르는 이름이 많아 좋겠구나!"

해바라기는 빨강, 노랑, 하양, 자주 또는 겹꽃이 알록달록 핀 마당을 쭉 둘러봅니다. 바라보는 눈길이 즐겁습니다.

"친구들이 와서 '채송화' 부르면 꼭 내 이름 부르는 것 같아 기뻐. 이름 부르면 기분이 짱하고 좋잖아."

"나도 채송화, 하는 소릴 들었어. 그럴 때면 참 예쁜 이름을 가졌구나 했지."

"고마워."

해바라기 큰 얼굴에도, 채송화 작은 꽃잎에도 웃음이 가득합니다.

채송화는 해바라기가 점점 좋아집니다. 이런 친구라면 속마음도 털어 놓고 싶습니다. 속내를 털어놓으면 더 친해질 것 같습니다.

"해바라기야, 그런데……."

채송화는 울먹울먹하던 송화 언니가 떠오릅니다.

송화네 통통배가 고기 잡으러 나갔어. 그런데, 돌아오지 않은지가 벌써 사흘이 되어가."

채송화는 시무룩해집니다.

"요즘 파도가 심해 나도 정신이 없었어. 그래서 집안 사정을 통 몰랐지. 미안해."

해바라기 목소리도 침울합니다.

"송화 언니가 내 앞에 쪼그려 앉더니 '채송화야, 아빠가 아무 일 없도록 너도 마음을 모아 기도해 줘!' 그러고는 훌쩍이더니 그만 엉엉 우는 거야. 내 마음도 가시에 꼭꼭 찔린 듯 찌릿찌릿 아팠어."

"그런 일이 있었구나!"

해바라기도 울상입니다.

"하루하루가 슬퍼!"

"나도 눈물이 나오려고 해."

해바라기는 해님 바라보며 침을 꿀컥 삼킵니다.

"너는 크니깐, 기도도 클 거 아냐?"

"몸이 크다고 기도가 크겠니? 어쨌든 마음을 서로 모아

보자.”

해바라기는 얼굴을 활짝 펴고, 따가운 햇살을 가득 받습니다. 해바라기는 눈이 부서도, 온종일 해님을 바라보며 간곡히 빌고 또 빕니다. 밤에는 달과 별을 보며, 머리 숙여 기도도 합니다.

‘송화 아빠가 무사히 돌아오게 해 주세요.’

해바라기는 높다란 하늘 끝까지, 채송화는 바늘 끝 같은 땅 속에 실뿌리를 내리듯 어둠을 헤치며 간절히 마음을 모아 빕니다.

다시 하루가 지났습니다. 또, 하루가 지나갑니다.

“오늘도 소식이 없으려나 봐.”

해바라기는 힘이 쭉 빠집니다.

“꼭 돌아올 거야. 희망의 끈을 절대 놓지 마!”

채송화가 야무지게 말을 합니다.

다시 하루가 지나가고 있습니다.

사납고 무섭던 파도가 조금씩 잔잔해집니다.

고요한 물살 위에 은가루 금가루를 뿌린 듯, 햇빛이 반짝반짝입니다.

“머―언 바닷길에서 희미하게 통통 소리가 들려!”

“어디, 어디!”

채송화도 듣고 싶어 몸을 들썩여 봅니다.

채송화에게는 아무 소리도 들리지 않습니다.

"와~아, 좀 더 크게 들려!"

해바라기는 기쁨 가득하게 소리칩니다.

"난, 안 들려!"

채송화는 입이 바짝바짝 탑니다.

"눈 감고 차분히, 귀를 쫑긋해 봐."

"그래도 안 들려!"

"오직 바라는 간절한 마음을 가득 모으고."

"……."

"갈매기가 끼룩끼룩 따라오는 걸 보니 고기 많이 잡았나 봐."

"갈매기 소리 때문에 더 안 들려."

"조바심 내지 말고 차분히……."

갈매기들이 뭉게구름 사이로 바람 따라 휙 지나갑니다.

"어, 나도 희미하게!"

"맞지?"

"들려."

"그래, 그래."

통 통 통, 통 통 통.

(2008년 평화신문 신춘문예 당선작)

숲을 만드는 큰 일꾼

노란 학교 버스가 산모롱일 돌아 외딴집 큰길 앞에 멈췄습니다. 알록달록 단풍 옷을 입은 홀쭉한 산돌이를 내려놓습니다. 그러고는 부릉 부릉 달아납니다.

새학기에 신입생 동생이 많이 생겼다고 우쭐대는 산돌이. 좁은 토끼 길을 깡충깡충 잘도 뛰어갑니다.

사립문을 향해 냅다 소리칩니다.

"다녀왔습니다."

산돌이는 양손 배꼽에 얹고 고개를 꾸뻑 숙였어요.

바둑이가 먼저 달려와 꼬리를 살랑거리며 펄쩍펄쩍 뛰어오릅니다.

"아이고, 내 강아지. 학교 잘 댕겨 왔어?"

할머니는 산돌이 어깨에서 가방을 받더니, 엉덩이를 툭툭 칩니다.

"할미가 맛있는 거 해 났다. 어서 손 씻고 오너라."

바삭하게 구운 김을 잘게 부수고, 배도 채 썰어 버무린 도토리묵. 접시에 수북이 담겨 먹음직스럽습니다.

"에이, 써서 안 먹어!"

산돌이는 그만 얼굴을 찡그렸어요.

"너, 지금 설사하는 배도 낫게 해주는 좋은 약이야. 살도 오르게 해. 빼빼한 너한테는 안성맞춤이란다. 너를 먹이려 다리 아픈 할미가 묵을 쑨다고 아침나절 힘들었어."

산돌이는 깨작깨작 숟가락으로 몇 번 먹고 말았어요.

"음식은 탐스럽게 먹어야 해. 한 번만 더, 아ー."

"싫어, 싫어!"

산돌이가 몸을 비비꼽니다. 하지만, 입을 하마처럼 벌리고 받아먹습니다.

"무엇이든 가리지 않고 맛있게 꼭꼭 씹어 먹어야 몸이 튼튼해. 내가 지금 먹는 음식이 최고로 맛있고, 내가 입은 옷이 최고로 멋있다고 생각하렴. 거기에, 내가 하는 일이 최고로 즐겁다 생각하면 더 좋겠지."

"밥 먹을 때는 농부에게 고맙게, 옷 입을 때는 만든 재봉사에게 고맙다고 여겨?"

"잘 아네!"

할머니가 빙그레 웃습니다.

"학교에서는 밥알 하나까지 남기지 않고 쓱싹 다 먹었어
요. 선생님한테 칭찬까지 들었는걸!"

"그럼, 그럼!"

산돌이 이마를 정겹게 쓰다듬어주시는 할머니.

할머니는 부엌에 들어가더니, 망태 주머니를 들고 나옵
니다.

"뒷산에 가려는데 따라갈래?"

산돌이는 할머니 손을 잡고 쉬엄쉬엄 산에 올랐어요. 바둑
이가 앞장섭니다.

의사 선생님이 할머니에게 자주 걸어야 한다고 했거든요.
그래서 산돌이가 할머니 손을 잡고 지팡이 대신하는 겁니다.

"여기도 떨어졌네!"

할머니는 한 발짝 가며 줍고, 또 허리를 숙여 도토리를 줍
습니다. 여기저기 낙엽 위에 얌전히 떨어져 있는 도토리.

산돌이도 얼른 주우려 했어요. 그러자, 머리에 툭 떨어지는
밤톨만한 굵은 도토리.

"어!"

산돌이는 그만 머리에 손을 가져갔어요. 그리고 파란 하늘을 쳐다보며 고개를 이리저리 돌려봅니다.

커다란 상수리나무 가지에 다람쥐가 꼬리를 살살 흔들고 있습니다. 그리고는 빤히 바라보는 거예요.

"네가 그랬니?"

다람쥐가 양쪽 불룩한 볼 주머니를 오물거리더니, 한 알을 입에 뭅니다. 그러고는 산돌이 정수리를 향해 휙 던지는 거예요.

"야, 하지 마!"

"우리 먹이 가져가지 마!"

"도토리가 다람쥐 먹이야?"

"너는 여태껏 그것도 몰랐어?"

"도토리는 작지만 꼭 모자를 써서 귀엽다 했지. 고 작은 걸 두 손 받쳐 먹는 다람쥐를 보면 앙증맞고 예의가 바르다 생각했어. 그래서 너도 작아 더 귀여워."

"너도 쪼그만 게 자꾸 작다고 그래?"

"지금은 2학년이지만, 나는 학년이 올라갈수록 쑥쑥 클 거야."

"작다고 무슨 일을 못해? 벌이 맛있는 꿀 모으잖아. 사람들이 몽땅 빼앗아가서 정말 미워."

"너는 아는 것도 많네!"

"네가 모르는 게 많은 거지."

"그런가!"

산돌이는 옳은 말만 하는 쪼그만 다람쥐에게 창피해서 머쓱합니다. 입을 불퉁 내밀고 머리만 긁적거렸지요.

"도토리 주워가면 다람쥐들 배고파. 우리 겨울 양식이야!"

다람쥐가 울먹울먹하다 높다란 가지에 오릅니다. 산돌이는 한참을 쳐다봅니다.

우리 반에도 키는 작지만 똑똑한 친구 철이가 생각납니다. 힘이 좋아 팔씨름도 으뜸입니다. 작다고 무시한 다람쥐도 당돌하고 야무집니다. 겉모양은 작지만 속은 꽉 차나 봅니다. 작은 고추가 맵다는 말도 생각납니다.

"산돌아, 거기서 뭐해?"

할머니가 부릅니다.

산돌이는 두 주먹을 꼭 쥐고 종종종 뛰어갔어요. 낙엽 밟히는 소리가 사그락사그락 귀를 즐겁게 해줍니다.

도토리 자루가 제법 불룩해졌어요.

"할머니, 그만 줍고 집에 가."

산돌이는 할머니 치맛자락을 잡고 조릅니다.

"해님 바라보며 좀 쉬자."

할머니와 산돌이는 낙엽위에 두 다리를 쭉 폈어요. 푹신한 양탄자 같고 엉덩이도 따스합니다.

"구름 한 점 없는 가을 하늘에, 햇살도 따스해 참 좋구나. 이런 날을 오래오래 잡아두고 싶다."

"해님을 꼭 잡아 신갈나무에 꽁꽁 묶어 놓을까?"

산돌이는 밧줄로 묶는 시늉을 합니다.

"아이고, 우리 손주가 그런 재주가 있어!"

"그─럼. 지구별과 가까운 친구가 화성별이래. 훗날 크면 화성에 가서 사과나무, 감나무, 배나무, 포도나무도 심어 과수원 농장을 만들 거야. 바둑이도 데려가서 그곳에서 할머니와 살자."

"이 할미가 그렇게 오래도록……."

하하하하 웃음소리가 솔바람 따라 멀어집니다.

"다람쥐가 가을이 되면 겨울 먹이로 도토리를 여기저기 숨겨 놓거든. 한 알은 먹고, 한 알은 흙 속에 묻어 두어. 그러다 할미처럼 그 장소를 깜빡 잊는 거야. 그러면 그 다음 해에 떡잎이 뾰족 얼굴을 내밀지. 비록 작지만 제 먹이를 심는 기특한 동물이란다."

"고 쪼그만 다람쥐가 커다란 숲을 만드는 큰 일꾼이라고?"

"몸이 작다고 큰일을 해낼 수 없는 건 아냐. 사람이나 다람쥐가 태어난 건 일을 해서 세상 누구에게라도 도움을 주기 위해서야."

"작은 벌이 꿀을 모으듯!"

"그런 것도 알아?"

할머니는 산돌이를 대견스레 바라보며 눈을 찡긋 합니다.

"다람쥐야 고마워. 먹이를 주워 미안해. 겨울에 추울 때 우리 집에 놀러와. 맛있는 먹이도 줄게!"

"다람쥐와 친구하게?"

할머니는 산돌이가 평소 동물이나 곤충을 좋아하는걸 압니다.

산돌이가 다섯 살 때입니다. 해가 어두워지는데 보이지 않습니다. 산골은 어둠이 빨리 옵니다. 아무리 찾아도 없습니다.

"산돌아, 산돌아!"

할머니는 걱정이 되어 목청껏 불렀습니다. 혹시나 싶어 바둑이 집을 들여다보았습니다.

"에구머니나!"

바둑이 집에 들어가 놀다, 그만 함께 껴안고 쿨쿨 잠을 자고 있습니다.

"다람쥐와 친구하면 아이들이 구경하러 외딴집에 많이 놀러오겠지!"

  산돌이는 다람쥐가 떡갈나무 꼭대기에서, 가지를 잡고 다
른 가지로 폴짝 뛰어가는 모습을 사랑스러운 듯 쳐다봅니다.

웃음역에 내리면

샛강이 흐르는 끝자락에 한적한 작은 마을이 있습니다.

얼마 전 새로운 간이역이 지나갑니다. 기차가 하루에 세 번 밖에 지나가지 않는 다툼역. 마을 주민들이 편리하게 이용하라고 생긴 겁니다. 역이 편리한 대신 왠지 소란스럽고 시끄럽습니다.

그 후부터 마을에는 조금씩 이상한 일이 생기고 있습니다. 전에는 아주 조용하고 인정스러운 평화스런 마을이었지요. 그런데 요즈음 아이들이 만나기만 하면 툭하고 다투길 잘 합니다.

학교 가다가도 만나기만 하면 트작타작 다툽니다. 교실에서 옷깃만 스쳐도, 운동장에서 부딪쳐 다투다 넘어져 무릎에 상처가 나기도 합니다. 공연히 박치기 하다 이마가 깨지기도 하지요. 뭐 특별한 꺼리가 있는 게 아니고 그냥 싸우는 거예요. 제일 바쁜 곳이 있습니다. 양호실이지요.

양호실 선생님의 손이 모자랄 정도입니다.

전교생이 100명도 안됩니다. 하지만 선생님은 물론 교장 선생님까지 매일 걱정에 한숨만 연달아 내 쉽니다. 아무리 엄한 벌을 주어도 소용이 없어요. 궁리 끝에 화해할 때까지 운동장을 뛰도록 했습니다.

"손잡고 올 때까지 교장 선생님은 기다리겠다."

얼마를 돌다가 지칠 대로 지쳐 다리에 힘이 쭉 빠지면 운동장에 퍽 주저앉습니다.

"내가 잘못했다."

"무얼 잘못했는데……."

"자식, 자꾸 따지기냐?"

다시 다툽니다.

교장선생님이 커다란 몽둥이를 갖고 유리창 너머로 지켜보고 계시니 일어나서 다시 뛰어야 합니다.

이제는 다른 녀석이 헉헉 댑니다.

"더 이상 못 뛰겠다."

슬며시 손이 잡히면 못이기는 척 교장실에 들어갑니다.

다시는 다투지 않기로 약속하고 교장실을 나옵니다. 하지만 집에 가면서도 역시 트집을 잡고 트작타작 합니다.

그런데 이상하게 어른들도 자주 다툽니다. 전에는 야트막한 담 너머로 찐 감자나 고소한 부침개가 넘나들곤 했지요. 요즘은 사소하고 하찮은 일도 꼬투리를 물고 늘어져 목청이 자꾸 커지는 마을이 되어 갑니다.

동네 개들까지 컹컹 짖어대며 으르렁 으르렁거리니 무섭습니다.

다른 동네 사람들이 이곳에 오기를 두려워할 정도입니다. 정다웠던 마을과 마을 사이도 멀어집니다.

이장님이 반상회도 자주 열었습니다. 그런데 모이기만 하면 자꾸 다투니 이장님도 재간이 없습니다.

'코딱지 같이 작은 마을이 이렇게 시끄러워야 되겠나?'

이장님은 원인을 하나하나 찾아보기로 했습니다.

전에는 인정스런 조용하던 마을이 간이역이 생기고 부터야. 이름을 바꿔야 해. 다툼역이 뭐야! 그러니 매일 헐뜯고 싸움질만 하게 되지.

다툼역 다음은 반성역입니다. 반성역에 가서 자신을 꼼꼼히 들여다봅니다. 거울을 들여다보듯 찬찬히 보니 자신의 허물이 하나하나 보입니다.

일 더하기 일은 이가 되듯이, 상대가 나와 생각이 다를 지라도 이해하기로 마음먹었지요. 또 그 다음 역이 이해역이기 때문입니다.

이해력을 지나면 양보역이 나옵니다. 그래, 바로 이거야. 상대에게 먼저 친절하게 양보하는 겁니다.

땅에서는 자동차들이 양보를 모르고 충돌해서 사고를 내지만, 새들은 하늘에서 서로 먼저 양보하기에 충돌이 없습니다. 그걸 보면 양보를 으뜸으로 세우니 짜증스러웠던 모든 일상이 차츰 즐거워집니다. 진작 그랬어야 하는 건데…….

반성역을 지나 이해역을 거쳐 양보역에 와보니 머리가 맑고 환해집니다. 마치, 깊숙한 숲 속에 들어와 앉아 있는 상쾌한 기분입니다.

오랜만에 반상회를 열었습니다.

역의 이름을 바꾸기로 했지요. 여러 사람이 의견을 내 놓았습니다. 친절역, 상상역, 기쁨역, 통일역, 웃음역, 신비역, 구름역, 평화역, 행복역, 환상역까지.

이 역에 내리면 언제라도 노란 해바라기가 활짝 웃고 있습니다. 해바라기 팔랑개비가 역 주변에 쫙 펼쳐져 뱅글뱅글 돌면서 반깁니다.

빨강, 노랑, 분홍, 알록달록 코스모스도 여기저기 활짝 웃고 있습니다.

"어서 오십시오. 우리 역에 오신 걸 환영합니다."

웃음역에 내리면 모두가 얼굴에 웃음이 저절로 가득가득 고입니다.

웃음이 고인 얼굴은 저마다 꽃봉오리처럼 예쁘게 보입니다.

아기는 방실방실

아이들은 하 하 하, 깔 깔 깔!

아주머니 아저씨들은 호 호 호, 흐 흐 흐!

할머니, 할아버지는 허 허 허, 껄 껄 껄 껄!

향긋한 요술 더덕

모아가 6학년이 되고, 식목일날도 며칠 지났다.

아빠가 술에 잔뜩 취해 들어오셨다. 평소에 전혀 없던 일이다. 아빠는 술을 한 잔 이상은 못 마신다. 더 이상 들어가면 마취시킨 듯 힘이 쭉 빠진다.

집까지는 어떻게 오셨는지, 현관에 쓰러져 꼼짝을 못한다. 엄마와 내가 낑낑거리며 부축하려는데 벨소리가 났다.

아빠 회사 분들이 상자를 들고 서 계셨다.

"이 과자 상자를 술자리에 놓고 가셨기에 가져왔습니다."

그분들이 들어와 아빠를 부축해서 방에 눕히고 가셨다.

"웬일로 이렇게 많은 술을 마셨을까?"

엄마가 크게 한숨을 쉰다. 모아도 궁금하고 걱정이 되

었다.

아빠는 외동딸인 내 이름을 '모아'라 지어주셨다. 가족은 마음을 서로 모아야 한다면서.

엄마도 집안의 작은 일 하나까지, 모아와 의논을 한다. 엄마의 활달한 성격을 닮았는지 모아도 학교에서 있었던 일을 죄다 쫑알거린다.

이야기 할 때면 '그래서', '그런데' 끝말잇기라도 하듯 말을 끌고 이어진다. 엄마와 자주 깔깔 호탕하게 웃는다. 웃음은 최고의 보약으로 신기한 진통제가 되어 몸의 통증이나 아픔도 달아난단다. 이럴 때 모아가 항상 하는 말이 있다.

"엄마는 꼭 친구 같아!"

이렇게 모아는 엄마와 한 마음이다. 늘 웃음만 가득할 줄 알았던 우리 집. 언제나 일찍 출근하시던 아빠다. 그런데 오늘은 모아가 학교 갈 때에야 머리를 흔들며 일어나셨다. 아직도 술이 덜 깼는지 얼굴이 벌겋고 술 냄새도 푹푹 났다.

"아빠, 이 많은 과자 고마워요."

모아는 과자 상자를 들어 보이며 싱글벙글 거렸다.

"무슨 과자?"

아빠가 고개를 갸웃하신다.

"술자리에 놓고 온 모양이던데, 회사 분들이 챙겨 오셨어요. 이기지도 못하는 술을 무슨 일로 그렇게 엄청 마셨어요?"

엄마의 입이 불룩해진다.

"못 먹는 술 잔뜩 먹었으니, 집에 잘 갔는지 확인하는 구실로 일부러 사서 가져온 거겠지. 모두 맘이 편치 않았으니……."

아빠는 눈꺼풀 내리고 손으로 이마를 짚는다. 그리고는 땅이 꺼져라 한숨을 푹 푹 쉬신다. 걱정이 잔뜩 묻어 있다.

"어서 학교 가거라."

아빠가 더럭 짜증을 내신다. 항상 일찍 출근하시던 아빠는 서두르지 않고, 오히려 모아만 재촉한다.

엄마는 항시 성화지만, 아빠가 채근하시는 일은 없었다.

학교 수업이 끝나고 집에 와서야 의문이 풀렸다.

아빠 회사는 아이엠에프라는 외환위기가 왔어도 끄떡없었다. 그런데 갈수록 살림이 어려워지더니, 결국 회사가 문을 닫았단다. 아빠가 성실하고 회사가 튼튼한 걸로 알고 있어, 상상도 못했던 일이다. 더구나 아빠가 내색을 안 하셨기에 전혀 알 수 없었다.

엄마의 넋두리 같은 말에 모아 어깨도 힘이 쭉 빠진다.

엄마도 집안 살림만 알뜰히 챙겼지, 다른 특별한 재주나 능력은 없다.

집안에 갑자기 시커먼 먹장구름이 잔뜩 들어와 깔렸다.

모아도 하루하루가 시들해졌다. 재잘거리던 수다도 목구멍 깊숙이 쏙 들어가 버렸다.

요즘은 문 닫는 회사들이 많아져 아빠가 다른 직장 구하기는 어려웠다. 직장을 잃는 사람이 늘어나 아빠가 들어갈 새 직장이 있을 턱이 없었다. 실력이나 능력이 있어도 일할 자리가 없다. 친구 삼촌도 좋은 성적으로 대학을 졸업했지만 집에만 박혀 팡팡 노는 걸 보았다.

저녁 설거지를 마친 엄마는 창밖을 바라보며 눈물을 글썽

였다. 엄마의 한숨 소리만 집안에 가득하다. 모아도 어딘가 꽁꽁 숨고 싶다.

토요일에 시골 가기로 했다. 할머니, 할아버지를 뵌 지도 오래 되었다. 아빠가 그동안 바쁘다는 핑계로 자주 가지 못했다.

시골 가는 바람은 언제나 상쾌했다.

"내 새끼 왔냐?"

주름진 얼굴에 웃음 가득 담고 치마폭에 폭 감싸주시는 할머니. 흙냄새, 땀 냄새 짭조름해도 품이 넓은 할아버지.

옆집에서는 동해 바다에 다녀왔다며 싱싱한 오징어를 함지에 여러 마리 가져왔다. 훈훈한 이웃 인정에 가슴까지 벙그레 진다.

할아버지는 모아가 오면 으레 더덕을 캐셨다. 모아가 유난히 좋아하기 때문이다. 연한 잎이나 줄기도 고추장이나 쌈장에 찍어 먹으면 향긋하다. 더덕은 캘 때부터 다듬고 먹을 때까지 즐겁다. 은은한 향기가 어느 꽃향기 못지않게 코를 벌름거리게 한다. 감기 들었을 때, 더덕 껍질로 차를 끓이면 향긋하다. 먹기도 좋아 기침도 빨리 달아난다.

"엄마, 오징어 속에 더덕 다져 넣고 순대 해줘!"

"그래. 한번 해보자."

엄마 음식 솜씨는 주위의 칭찬을 받는다. 그래서 잔칫집에 더러 불려 다니기도 한다. 모아도 음식 만드는 걸 좋아해 엄마를 자주 거들어 드린다. 월급도 두둑한 직업이 호텔 주방장

이라고 한다. 머리에 하얀 모자를 쓰는 멋진 요리사가 되고
싶은 꿈도 가져본다. 연한 줄기나 잎까지도 곱게 다졌다. 콧
잔등에 땀이 송골송골 나지만 즐겁다.

　더덕무침, 더덕구이, 더덕을 넣은 순대로 온통 더덕 밥
상이다.
　"얘야, 더덕을 순대에 넣으니 맛이 향긋해서 아주 좋네!"

할아버지가 오물오물 맛있게 잡수신다.

"할머니, 향기까지 일품이죠?"

모아는 순대를 집어 할머니 입에 쏘옥 넣어 드렸다.

"이가 시원찮은 노인은 안성맞춤이겠어!"

할머니는 순대에 자꾸 젓가락이 가고, 식구가 맛있는 저녁을 먹었다.

다음 날 더덕 줄기나 잎까지 자루에 잔뜩 넣어 가지고 서둘러 집으로 왔다. 근처에 순대 만들어 파는 집이 있다. 엄마는 일찍 그곳에 갔다.

순대에 더덕을 곱게 다져 넣고 엄마가 직접 만들었다. 다른 사람도 먹어 보고는 똑같은 순대라면 더덕 넣은 걸 먹겠다고 했단다. 엄마는 며칠 동안 그곳을 드나들며 바빠졌다.

며칠 후 저녁을 먹고 나서 거실에 앉았다.

"여보, 더덕 순대 만드는 것에 자신이 붙어요. 자그마한 가게를 내면 어떨까요?"

엄마는 아빠 옆에 슬그머니 바싹 다가앉는다.

"가게 얻을 돈이 어디 있어?"

아빠는 퉁명스레 투덜거린다.

엄마는 아빠를 그윽이 바라본다. 그러고는 앞치마 주머니에서 슬며시 통장을 꺼낸다.

"모아 첫돌이 지난 후 궁리를 했어요. 그러다가 생활비에서 조금씩 떼어 적금 하나 들었죠. 십 년이 만기여서 다음 그다음 달이면 끝나요. 하늘이 무너져도 솟아날 구멍이 있는데요. 못 먹는 술 마시지 말고 힘내세요."

아빠를 빤히 바라보는 엄마, 입을 꾹 다문 아빠는 엄마를 지그시 한참을 바라본다. 아빠의 눈자위가 글썽글썽 벌겋다.

"직장 동료와 술을 마구 마신 다음 날이요. 아침이 밝아오는 게 무서웠소. 이대로 하늘과 땅이 딱 맞붙었으면 싶었다오."

아빠는 엄마 손을 덥석 잡는다. 몸 안에 나쁜 독소를 뿜어

내듯 긴 호흡을 한다.

"적금은 우리 집에 검은 구름 걷어 내는 밝은 햇살이구나!"

모아가 쫑알거렸다.

부모님의 다정한 모습을 보자 모아도 온 몸에 생기가 돌았다.

"내일이라도 가게 하나 알아봐요."

엄마 말에 힘이 잔뜩 실려 있다.

다음 날부터, 부모님은 가게를 구하러 다녔다. 학교에서 집에 오면 엄마가 안계셨지만 상관없다. 어느 때보다 바쁘신 부모님이다.

저녁을 먹고 마루에 앉아 참외를 깎았다.

"길목에 있는 그 가게가 맘에 드는데 좀 비싸죠?"

엄마가 불쑥 말을 꺼냈다.

"퇴직금 보태면 안 될까?"

"그래도!"

부모님은 시무룩해진다.

"그럼, 나도 보탤게요!"

"네가 돈이 어디 있어?"

모아는 쪼르르 방에 들어갔다. 빨간 돼지 저금통을 들고 끙끙거리며 나왔다. 저금통을 헐자 오백 원 동전만이 와르르 쏟아진다.

"중학교에 들어가면 쓰려고, 오백 원 동전만 보이면 넣었어요. 너무 무거워 통장에 넣을까 생각하던 참이에요."

모아는 아빠를 보며 조잘거렸다.

"자 – 식."

아빠는 목이 메는지 천장을 향해 고개를 치켜든다.

부모님은 매일 계획을 짜느라 부산하다. 집안이 힘차게 도

는 팽이처럼 활기차다.

아빠도 재료를 구입하느라 새벽시장에 나가고 바쁘다. 집 안에 생기가 도니 모아도 학습에 더 충실해져 간다.

일요일은 더덕을 캐러 시골 가기로 했다. 모아도 아빠를 따라 나섰다.

"순대 가게가 잘 된다며? 모아가 그토록 좋아하는 더덕이 새 생활 터전을 열어주는 열쇠가 되었구나!"

할머니가 소매 끝으로 눈물을 훔치며 하는 말이다.

"적금이 요긴하게 쓰이고, 이렇게 자주 보니 얼마나 좋냐! 퇴직할 필요가 없는 직장도 구했으니……."

할아버지는 더덩실 춤이라도 추고 싶은지 환한 얼굴이다.

산 밑의 언덕이 있는 더덕 밭에 갔다.

"아범아, 더덕을 심고 뒤돌아서면 싹이 뾰족이 나오는 것 같아. 하지가 가까운 망종 때, 모를 심고 돌아서면 벼도 바빠서 이내 뿌리를 내린다 하거든."

"우리 부자 되라고 더덕이 요술을 부려 빨리 자라주는 거예요."

모아는 흙 묻은 손으로 동그라미를 자꾸 그리며 조잘조잘거린다.

"요술 더덕!"

할아버지, 할머니가 동시에 말이 튀어 나왔다. 서로 마주보고 환히 웃는 눈길이 보석처럼 반짝인다. 더덕 향기와 더불어 웃음 향내까지 아래 마을로 솔솔 퍼진다.

(2005년 『니들이 경제를 알아』 동화집 공제)

꽃새들의 합창

제석산 숲 속에는 여러 동물들이 살았어요.

힘이 센 멧돼지, 멋쟁이 까치, 너구리, 파랑새, 작은 꽃새, 오목눈이, 물총새, 노루 많은 친구가 있었지요.

멧돼지가 임금님이 되었어요. 힘이 세서 약한 친구들을 보호하기 위해서죠.

까치는 높은 나뭇가지에 집 짓고, 알을 낳으니 새끼들이 많았어요. 하지만, 꽃새는 수풀 속에 알을 낳으니 다른 친구들이 슬쩍 주워 먹곤 했답니다. 예쁜 꽃새는 그만 화가 났어요. 잎이 넓은 신갈나무 잎사귀 뒤로 가서 훌쩍훌쩍 울고 있었습니다.

바로 그때 임금님이 한적한 오솔길을 뒤뚱뒤뚱 걷고 있었어요.

"누가 우는 거야? 우리 숲속은 모두 행복한 줄 알았는데……."

임금님은 고개를 갸우뚱거렸어요.

"저예요."

꽃새는 고개를 살며시 내밀며 말을 했지요.

"너는 아름다운 꽃새가 아니냐?"

"제가 잠깐 물 먹으러 간 사이, 세 개의 알이 몽땅 없어졌어요. 흑 흑 흑흑흑……."

"사정이 몹시 딱하구나! 어쩐담?"

"힘이 센 친구는 약한 친구를 괴롭히고, 심지어 잡아먹기까지 해요."

"꽃과 벌, 나비처럼 제 것을 서슴없이 주면서도 사이좋게 살면 좋을 텐데……."

"이제 저는 숲속에서 영영 사라지겠죠."

"너무 슬퍼하지 마라. 문제 있으면 답도 있는 거야."

꽃새는 임금님이 지혜롭기에 믿고 싶었어요.

"음! 우편함에 알을 낳으면 어떨까? 요즘 편지도 통 안 오거든!"

"그렇게 해도 되겠어요?"

"그럼."

"고맙습니다."

꽃새는 고개를 몇 번이나 까딱이었어요. 우편함 속에 부드러운 풀잎을 물어다 새둥지를 만들었죠. 얼마 후, 다섯 개의 알을 낳았어요. 정성을 다해 품었죠. 마침내 꼬물꼬물 귀여운 새끼들이 나왔어요.

엄마가 물어다 주는 맛있는 먹이로 날마다 쑥쑥 자라는 거예요.

임금님은 다른 짐승들이 해칠까 봐서 우편함을 자주 들여다보았어요. 엄마인줄 알고 주둥이를 쩍쩍 벌리는 모습이 아

주 귀여웠습니다.

"걱정 말고 튼튼하게 자라라!"

임금님도 들여다 볼 때마다 흐뭇했어요.

"엄마, 밖이 궁금해요. 빨리 나가고 싶어요."

"서두르지 마라!"

새끼들은 무럭무럭 자랐지요.

"한번 연습해 볼까?"

엄마는 가까운 나무까지 날아갔다 다시 둥지로 오는 연습을 했어요.

"조심조심해. 처음부터 잘 할 수는 없단다."

매일매일 연습을 했습니다. 한번은 땅에 떨어져 혼쭐이 나기도 했습니다. 경험을 했으니 조심스레 새끼들은 이제 혼자서도 자유롭게 훨훨 날 수 있게 되었지요.

그런데 임금님이 통 보이지 않았어요. 꽃새들은 궁금해서 문안 인사를 갔답니다.

"어디 아프세요?"

"아! 아! 아니다."

임금님은 고개를 천천히 흔들었죠. 씩씩하고 당당하게 보이려 했어요. 그러나 꽃새들은 어렴풋이 알게 되었어요. 나이가 많아지니 몸이 점점 쇠약해지고 있다는 걸.

"사실 얼마 전부터, 눈도 침침하고 귀도 잘 안 들린단다."

"걱정 마세요. 저희들이 눈이랑 귀가 되어 드릴게요."

"고맙구나."

모두 산책을 나갔어요. 작은 꽃새들은 임금님 곁에 가까이 날며, 주변을 자세히 들려주었어요.

"작은 너희들이지만, 큰 위안이 되는구나."

"용기가 두려움을 극복한다고 해요. 몸은 작아도 용기 내면 어떤 일도 할 수 있다고 엄마가 늘 격려해 주셨어요."

임금님은 빙긋이 웃으며 고개를 *끄떡끄떡* 입니다.

꽃새들은 차츰 숫자가 많아졌어요. 그 합창 소리는 산들바람 따라 마을로 멀리 멀리 퍼져 나갑니다.

찌루 찌루, 찌찌루.

(2001년 색동회 구연동화 작품)

엄마 얼굴 보려면

엄마 뱃속에 쌍둥이가 있었어.

누이와 남동생이지.

눈을 꼭 감고, 손도 꽉 쥐고 웅크리고 있는 거야

하루가 다르게 조금씩 아주 조금씩 자라고 있었어.

어느 날, 누이가 가까이에서 무슨 낌새를 느꼈나봐.

"어디서 빵빵거리는 소리가 들리잖니?"

누이가 말했어.

"이 어둡고 좁은 곳에 무슨 소리가 들리겠니?"

남동생이 투덜거렸어.

"그렇긴 하지만……."

그래도 무럭무럭 자랐지.

뱃속이 조금씩, 조금씩 좁아지는 거야.

"야. 우리가 여기서 자라고 있지만, 또 다른 어떤 세상이 있다는 생각이 들지 않니?"

누이는 자꾸만 궁금해서 물었어. 누이는 엄마 뱃속이지만 궁금한 것도, 호기심이 많았나봐.

"무슨 소리. 이게 전부야. 깜깜하고 어둡지만 아늑하고 좋은데 뭐!"

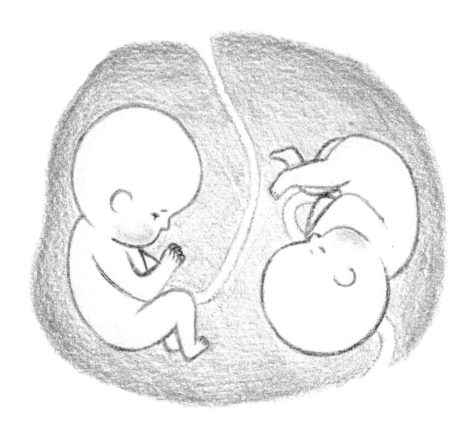

"그럼, 언제까지 이곳에 사니?"

누이가 호기심이 생겨 또 물었어.

"글쎄. 죽을 때까지?"

남동생이 시큰둥하게 말했지.

"난 죽는 게 싫어!"

누이가 울상을 짓는 거야.

"우리를 편안하게 길러주는 탯줄에 언제까지 매달리는 게 최선이야."

남동생은 퉁명스럽게 고집을 피우며 답을 했지.

"깜깜한 여기보다 훨씬 좋은 곳. 마음대로 움직일 수 있는 어떤 곳. 팔도 쭉 펴고 발도 쭉쭉 빵빵 뻗는 환한 곳이 틀림없이 있다고 생각해. 나는 그곳에서 자유롭게 맘껏 살고 싶어."

"쓸데없는 소리 하지 마!"

그런데 누이는 남동생을 설득할 방법이 도무지 떠오르지 않는 겁니다.

며칠이 지난 후, 누이가 머뭇거리며 말을 잇는 거야.

"너한테 말해줄게 있어. 하지만, 네가 믿어 줄지 모르겠구나. 나는 우리한테 엄마가 있다고 생각해."

누이가 힘주어 말했어.

"엄마라니? 무슨 뚱딴지같은 소리야. 한 번도 엄마를 본적이 없어. 너도 못 봤잖아! 그치?"

남동생은 발끈 화를 냅니다.

"그런데 요즘 희미하게 어떤 소리가 들렸어. 아가야, 엄마가 동시를 들려줄게. 하면서 배를 살살 쓰다듬으며 말소리가 조곤조곤 들렸거든. 음악소리와 함께. 어서 나와 너희와 엄마 얼굴 보자. 그런 소리까지."

"무슨 엉뚱한 소리야. 내가 장담하는데 여긴 결코 나쁜 곳이 아니야. 우리한테 필요한 건 다 있잖아. 오줌을 그냥 싸도되고, 장난을 쳐도 누구한테 야단맞을 일도 없지. 얼마나 편리해. 그러니 이대로 만족하며 즐기면서 살자고⋯⋯."

남동생의 말에 누이는 한동안 아무 말도 할 수 없었다.

그러나 자꾸 머릿속에 떠오르는 생각을 지워버리거나 막을 방법도 없었다. 그리고 말 상대라고는 남동생뿐이라 결국 다시 입을 열 수밖에.

"동생아, 우리가 크는지 뱃속은 자꾸 좁아져. 그리고 여기저기 뭔가 뒤틀리는 것 같은 느낌이 들지 않니? 조금 아프기도 하고 불편하기도 해서 무엇이 분명 있다는 생각도 자꾸 들어."

"그렇긴 해. 하지만 그게 어때서. 나는 이대로가 좋아!"

"나는 이 뒤틀리는 느낌이 우리가 다른 어디로 갈 준비를 시키는 운동이 아닌가 싶어. 여기보다 포근하고 넓고 아름다운 곳."

"공연히 쓸데없는 소리 마. 우리가 주로 하는 게 뭐니? 잠이나 쿨쿨 자자."

"동시를 낭랑히 들려주는 엄마 얼굴. 그 얼굴을 마주 바라볼 수 있는 그 어떤 곳. 어느 날은 커다란 손이 배를 만지는 걸 느꼈어. 아빠도 너희를 어서 보고 싶다 했거든. 넌 설레고 흥분되지 않니?"

"바보 같은 헛소리 하지 마!"

남동생은 톡 쏘아 붙이며 누이의 말을 무시해 버린다.

누이는 몸이 꿈틀 – 꿈틀 거리는 게 아프고 고통스러워 힘이 들지만, 자꾸자꾸 움직여 본다.

여기보다 훨씬 넓고 환한 세상으로 나가기 위한 통로라고 여기며.

"또 다른 어떤 좋은 세상이 있다면, 그곳에 가기 위해 나도 힘을 한껏 보태야지. 더구나 엄마 얼굴 보기 위해서라면 꾹 참고 견딜 거야."

동생은 쿨쿨 잠만 자기에, 답답한 누이는 발로 슬쩍 건드려 봅니다.

이때, 바깥에서 여러 사람의 어수선한 소리가 들립니다. 그러더니, 이내 빵빵거리던 소리와는 달리 삐융삐융 하는 소리와 함께 어디로 가고 있다는 느낌이 분명 듭니다.

"일어나봐. 혹시 우리가 오늘 엄마 얼굴 보는 날이 될지도 몰라?"

"무슨 이상한 말이야?"

동생은 자꾸만 투덜거리며 돌아눕습니다.

하지만, 누이는 양수가 많아진 것 같습니다. 그러니 몸이 저절로 수월하게 움직여집니다.

"엄마 얼굴 보기 위해 탄생되는 날이 분명 오는 걸까?"

자꾸만 설레고 흥분이 되고 있는 누이.

"야, 오늘은 기분이 썩 좋다."

남동생도 수월하게 몸을 움직여 봅니다.

"으―앙, 으앙!"

요란한 울음소리와 함께 새 생명인 쌍둥이가 드디어 건강한 모습을 세상에…….

지구에 인구가 둘이 늘었습니다.

가슴에 묻은 아기코

가시국에는 많은 부자가 살았습니다.

그 중에 제일 부자인 바라문이 있었지요. 삶을 가만히 들여다보니 더러운 때가 덕지덕지 끼어 있었어요. 많은 재산과 지위는 물론, 세상의 욕심까지도 차츰 싫어졌습니다.

가진 것 보다 더 원하면 가난하고, 가진 것 보다 덜 원하면 부자겠지.

부자는 비단 옷 입고 기름진 음식을 먹으며 많은 것을 누리고 살았습니다. 하지만 늘 허전했어요.

어느 날, 부자는 아내와 자식마저 두고 길을 떠났습니다. 그리고는 깊은 골짜기 절을 찾았지요. 법당 가까이 초막을 짓고 선인의 도를 닦기로 굳게 다짐을 했습니다.

먹을 것도 별로 없었습니다. 논에 떨어진 이삭을 주워 먹고, 칡뿌리도 캐어 먹었지요. 때로는 떨어진 열매나 과일을 먹으며 살았습니다.

옷도 헤어져 누덕누덕 기워 입었습니다. 해진 옷을 입고 보잘 것 없는 음식을 먹었지만, 마음만은 빙그레 웃음이 얼굴에서 떠나지 않았습니다.

양손을 깍지 끼고 풀밭에 누워 봅니다. 그리곤 파란 하늘을 바라보면 하얀 토끼구름도 실바람도 꽃향기도 다 내 것이 됩니다. 맘껏 누린 행복한 기분이 되어 날마다 상쾌했지요.

어느 날, 그는 나무 열매를 주우러 숲으로 들어갔습니다. 여기저기 떨어진 밤이며 상아를 따고 있었어요. 그때 저만치 작은 도토리 열매를 주워 입에 넣는 아기 코끼리가 보였습니다. 그 모습이 귀여워 가까이 다가갔습니다. 아무리 둘러봐도 어미가 없었어요. 한참을 서성거렸지만 아무도 나타나지 않았습니다. 오래도록 기다리다가 코의 손을 잡고 풀로 엮은 초막에 데리고 왔어요. 그날 밤 곁에서 같이 잤습니다.

바라문이 나가면 코끼리도 따라 나갑니다. 언제나 곁에 긴 코를 흔들며 졸랑졸랑 따라다닙니다. 날마다 정이 갔습니다. 아기코라는 이름도 지어 주었지요. 그리고 자기 아들이나 다름없이 보살피며 정성껏 키웠습니다. 먹이가 많거나 좋지 않아도 아기코를 넉넉히 먹였습니다.

진흙에 목욕도 자주 시키고 깨끗한 물로 씻어 주었습니다. 몸을 박박 문질러 주면서 좋아, 좋아하면 저도 "좋아" 하는 말도 할 줄 압니다. 이렇듯 마음을 주고받으며 정도 새록새록 키웠습니다. 경중경중 재롱도 부리며 잘 자라주었어요. 바라문이 코끼리 등에 올라 숲 속을 산책 나갑니다. 그러면 즐거워 꼬리를 마구 흔들고 넓적한 귀로 부채질도 합니다.

어느 날, 바라문은 마을에 내려갈 일이 생겼습니다. 그 사이 산속에 들어간 아기코. 나뭇잎이며 가지를 너무 많이 먹었나 봅니다. 배가 자꾸만 쿡쿡 아파옵니다. 배탈이 났는지 때글때글 뒹굴고 뒹굴다가 그만 숨을 쉬지 않았습니다.

바라문이 나갔다가 들어오면 코끼리가 언제나 마중을 나왔습니다. 그날은 보이지 않았습니다.

걱정을 하며 이런 게송을 읊었습니다.

"먼 숲 저쪽에서

나를 반기기 위해

마중을 나오곤 했는데

오늘은 모습이 보이지 않으니

아기코여! 너는 지금 어디에 있는가?"

바라문은 이상히 여기며 터벅터벅 빠르게 걸어오고 있었지요.

그런데 도를 닦는 경행단 앞에 코끼리가 쓰러져 있었습니다. 얼른 달려가 목을 껴안았습니다. 그런데 숨도 쉬지 않고 몸도 싸늘히 식어 있었습니다.

"죽었네! 내 코끼리, 아기코야."

자식이나 다름없는 그를 잃자 못내 슬펐습니다. 한탄을 하며 꺼이꺼이 울면서 자리를 뜨지 못했어요. 눈물이 하염없이 뚝뚝 떨어집니다.

그때, 제석천이 하늘에서 내려와 세계를 두루 살펴보았습니다. 그러다 슬피 울고 있는 바라문을 보았습니다.

"몸이 축이 날 정도로 슬퍼하지 마라. 출가한 사람에게는 어울리지 않는다. 부모님이 돌아가셔도 배고프면 밥을 먹고, 잠이 오면 자야 하는 게 사람이다."

"진실로 제석천이여! 사람이나 짐승이나 같이 살게 되면 애착은 가슴속에 타오르거니, 어찌 슬프지 않겠습니까?"

"슬프긴 하지만 생명이 있는 건, 언제나 죽음도 항상 곁에 있단다. 조금 일찍 죽고 나중에 죽는 것뿐이지!"

"코끼리는 사람보다 오래 사는데 어찌 일찍 데려가셨어요? 가족을 떠나왔기에 더 애정을 가지고 자식처럼 키웠는데⋯⋯."

"네가 모든 집을 다녀 봐라. 그래서 사람이나 짐승이 죽지 않는 집안이 있거든, 그 집에서 쌀 한 공기를 얻어 오너라."

바라문이 즉시 마을로 내려가 이집 저집 다니며 물어보았습니다.

"혹시, 이 집은 영원히 살고 죽지 않은 사람이 있습니까?"

"아니요. 석 달 전에 아버님이 돌아가셨어요, 강아지가 밥도 안 먹고 시름시름 하더니 오늘 아침에 죽어 있었답니다."

바라문이 샅샅이 찾아다녀도, 아무도 죽지 않았다는 집안은 하나도 없었습니다. 바라문은 어깨를 축 늘어뜨리고 제석천 앞에 왔습니다.

"한 집도 없습니다."

"봐라. 슬프게 운다 하여 죽은 이가 살아난다면, 우리 모두 슬퍼하며 울겠지. 멀리 있거나 가까운 모든 이를 위해!"

바라문은 제석천의 말을 듣고는 가슴을 토닥거렸습니다. 숨도 크게 여러 번 쉬어 봅니다. 그리고는 슬픔을 버리고 눈물도 닦았습니다.

내 삶은 지금부터 시작이라 여기며 살자.

슬픔의 못을 뽑아 버리고

송화네 통통통 통통배

눈물의 창도 바다에 던져 버린다.

못을 뽑아 버린 자리에 위로를 채우고
창을 던져버린 자리에 소망을 채우리라.

그날부터 바라문은 "지금 이 시간을 어떻게 보람으로 채울 것인가" 고민하며 영원한 현재인 오늘에 몰입하려 했습니다.

자신을 있는 그대로 바라보며 수행에 전진하려 합니다.

지나간 어제도 지우고, 다가올 내일도 걱정하지 않겠습니다. 다만 오늘에 푹 빠져 주어진 수행만 열심히 하렵니다.

내 남은 인생의 마지막 날이 바로 오늘이라 여기며…….

이제 죽음을 한탄하거나 슬퍼하지 않으렵니다.

자식 같았던 아기코. 귀엽고 아름답던 그리움만 소중히 간직하렵니다.

(2013년 불교아동문학회 『연꽃 속에서 나온 소녀』 발표)

엄마를 살려낸 어린 남매

외진 산골에 작은 호수가 있습니다. 그 물빛은 항상 초록입니다.

호수에서 조금 내려오면, 가난하지만 비둘기처럼 다정한 부부가 살고 있었습니다.

이 부부에겐 네 살과 다섯 살이 된 귀여운 남매가 있었습니다.

아빠는 집을 짓는 목수입니다. 그러기에 집을 여러 날 떠나 있을 때가 많았지요. 그날도 일하러 가면, 며칠 있다 올 것이 분명합니다.

"엄마와 잘 있거라."

"아빠, 빨리 와!"

아이들은 아빠 손을 잡고 마구 흔들었습니다.

"그래."

아빠는 한꺼번에 아이 둘을 덥석 안고는, 보드라운 얼굴을 비벼댔습니다.

남매는 까르르 웃어 댑니다.

"집안일은 걱정 말고 잘 다녀오세요."

엄마는 아빠를 지그시 바라보며 빙긋이 웃었습니다.

"다녀오리다."

남매는 고개를 깊숙이 숙였습니다. 아빠의 멀어지는 뒷모습을 바라보며 계속 손을 흔들었습니다. 아빠도 뒷걸음으로 손을 흔들다가 손만 뒤로 한 채 흔들며 멀어집니다.

엄마는 곧장 텃밭으로 갔습니다.

오이, 가지, 풋고추를 땄습니다.

마침, 장날이어서 시장에 팔기 위해 부지런히 자루에 넣었습니다.

오이가 조금 모자라는가 싶어 넝쿨 사이로 발을 성큼 들여 놓았습니다. 마침 엄마 바로 옆에 독사가 있었습니다. 엄마는 정신없이 일을 하느라 보지 못했습니다. 따끔 하는 순간 발등을 보니 뱀이 밭고랑 풀숲으로 꼬리를 감추고 있었습니다.

그 순간 엄마는 자신의 목숨보다 어린 아이들 걱정이 앞섰습니다.

머리에 쓴 수건을 쫙 찢었습니다. 독이 위로 올라오지 못하게 우선 발목을 힘껏 묶었습니다. 곁에 있는 깨진 사금파리로 발등에 상처도 냈습니다. 뱀독의 피를 뽑아내기 위함입니다.

남편이 돌아올 때까지 아이들이 먹고 지낼 수 있도록 엄마가 해야 할 일들이 많았지요.

흩어진 땔감을 정신없이 부엌에 옮겨 놓았습니다.

산속에 있는 옹달샘까지 빠르게 뛰어 다니며 물도 항아리 가득 채웠습니다.

쌀도 넉넉히 씻어 밥솥에 앉히고 불을 지폈습니다. 반찬도 넉넉히 만들었습니다.

발등, 발목이 욱신거리고 부어올랐지만 개의치 않았습니다. 남편이 벗어 놓고 간 옷가지도 방망이로 두들기며 빨아 널었습니다.

땀이 비 오듯 흘러내리지만 정신없이 이 일 저 일을 찾아 했습니다.

온몸이 쥐어짜듯 땀이 흘렀지만, 훔칠 겨를도 없었습니다.

철없는 어린 남매만 걱정이 되었습니다. 갈증이 나기에 물만 자꾸 벌컥벌컥 마셨습니다.

엄마는 아이들을 불렀습니다.

"애들아, 엄마가 잠을 좀 자고 싶구나. 일어나지 않더라도 깨우지 말거라. 밥도 넉넉히 해 놓았으니 먹고 놀면서 아빠를 기다려라. 물이 많은 호수에는 가지 말거라."

아이들은 엄마를 말똥말똥 쳐다보며 물었습니다.

"엄마, 아파?"

엄마는 대답할 겨를도 없이 픽 쓰러졌습니다. 곧 잠이 들고 말았지요.

엄마가 누운 자리에는 물이 고이듯 비지땀이 자꾸 흘러 내렸습니다. 온통 땀받이가 되어 갑니다.

밤이 지났습니다.

다음 날, 새 아침이 밝아 왔습니다. 아침 햇살이 방안을 환하게 비춥니다. 그런데 엄마는 놀랍게도 몸이 뒤척여졌습니다.

의식이 들어 눈도 깜빡거려 보았습니다. 몸이 멀쩡해서 볼을 세게 꼬집어도 보았지요. 꽤 아파요. 엄마는 살아 있다는 것이 도저히 믿어지지 않았습니다.

얼른 발등을 쳐다보았어요. 쑤시고 부어 있었지만 견딜 만

했습니다.

'아! 내가 모르고 있었지만, 비 오듯 흘러내린 땀과 함께 몸 속에 퍼져 있던 독이 조금씩 흘러 빠져 나갔나 봐. 아이들을 위해 열심히 일을 했기에 땀이 나를 살려주었구나.'

땀을 흘리는 일을 하지 않으면 먹지도 말라는 친정어머니의 말이 어렴풋이 떠올랐습니다.

'어머니, 고맙습니다.'

이제 발목을 풀고 물을 마시고는 다시 한잠을 편안하게 잤습니다.

아무것도 모르고 마당에 뛰어 놀고 있는 어린 아이들.

정신을 놓고 다시 자고 났더니 기운이 조금 돌아옵니다. 젖은 옷을 갈아입으니 훨씬 개운합니다.

아이들을 불렀습니다.

"엄마, 그렇게 많이 실컷 잤어? 이젠 안 아파?"

"응. 푹 자고 났더니 괜찮구나."

엄마는 양팔로 아이들을 힘주어 꼭 껴안았습니다.

'너희들이 나를 살렸구나.'

딸의 맥박 소리

그날 아침이다.

"아빠, 공원에 가서 그네 타고 놀자."

"환자들이 기다리는 걸."

"그럼, 공기놀이 해."

딸은 공깃돌을 보이며 양복바지를 잡고 칭얼댔다.

아빠는 여섯 살이 된 딸을 유치원에 보내고 싶지 않았다. 오랫동안 의과대학에서 공부를 하느라 힘들었다. 어린 걸 일찍부터 어디에 매어 놓고 싶지 않았다. 딸은 집에서 혼자 노는 게 심심했나 보다.

"미안해, 저녁에 놀아줄게."

"치!"

딸은 입을 샐쭉 인다.

"엄마하고 놀자."

엄마가 옆에서 다른 공기를 보이며 달랬다. 하지만, 딸은
입을 삐죽이며 울먹인다.

아빠는 키를 낮춰 딸의 볼을 양손으로 잡고 가볍게 흔들었
다. 딸은 콧등을 찡그린다. 그 모습이 귀여워 번쩍 들었다. 가
슴에 꼭 안아 볼에 뽀뽀를 해주고 집을 나섰다. 근처에 작은
공원이 있다. 여기저기 빨갛게, 하얗게 물들이던 철쭉도 지고
있었다. 이곳을 지나면 바로 큰 길에 병원이다.

그날따라 환자가 없어 좀 한가했다.

정오가 가까워오고 있었다.

한 남자가 갑자기 진찰실 문을 확 열어젖혔다. 황급히 들이
닥친 남자는 축 늘어진 아이를 안고 숨을 가쁘게 몰아쉬었다.

"선생님, 이 아이 살려주세요. 빨리 좀……."

남자는 허둥대며 부들부들 떨었다.

운전기사 옷차림으로 보아 교통사고라는 걸 금방 알았다.
간호사가 아이를 안아 진찰대 위에 눕혔다.

"아!"

아빠는 청진기를 들이대는 순간, 피가 거꾸로 도는 듯 아찔
했다. 누워 있는 아이는 아침에 놀자고 조르던 딸이다. 청진

기 잡은 손이 덜덜덜 떨렸다. 딸의 숨소리를 찾기 위해 신경을 곤두세웠다. 그러나 아무 소리도 들리지 않았다. 심장을 깨우기 위해 숨을 불어넣고, 다시 숨을 빨았다. 그럴수록 몸은 점점 차가워지고 있었다. 숨소리의 어떤 감도 전혀 오지 않았다.

"아, 아 아……!"

아빠는 곤두박질치는 슬픔에 휩싸였다. 딸의 작은 가슴에 얼굴을 묻었다. 행여 비눗방울 터지는 작디작은 소리라도 들려오지 않을까? 애절한 마음이었다. 허물어지듯 그 자리에 털썩 주저앉고 말았다. 졸지에 귀염둥이 딸을 잃었다. 살아가는 모든 의욕도 잃었다. 병원 문도 닫을 수밖에 없었다.

무덤에서 밤이 되면 어린 것이 얼마나 무서울까?

'아빠, 깜깜한 어둠이 무서워!'

딸의 울부짖는 음성이 귓전에 맴돌았다. 잘못해서 꾸지람했을 때다. 어두운 밖에 내보낸다면 제일 두려워하던 딸이다.

밤이 되면 발발 떠는 딸의 모습이 자꾸 떠올랐다.

아빠는 저녁이면 딸의 무덤에 갔다. 그곳에 엎디어 이름을 불러댔다.

"운해야, 운해야. 그때, 공원에 함께 갔어야 했는데. 너와

이런 아픔이 올 줄 까맣게 몰랐지. 아빠는 그것도 모르고……."

꺼이꺼이 울다 지쳐 잠이 들기도 했다.

딸의 옆에 같이 오래도록 잠들고 싶었다.

그러던 어느 날이다.

그 날도 딸의 무덤에서 눈물을 쏟았다. 딸이 귀엽게 재롱 부리던 모습 하나 하나 또렷이 떠올랐다. 어느 때보다 가슴이 울컥울컥 치밀어댔다. 밤새 웅크려서인지 일어나려니 어지러웠다. 둥근 해가 산마루에 솟아오르고 있었다. 눈을 비비고 비틀거리며 산을 내려오고 있었다. 삐죽 나와 있는 나무뿌리에 걸려 넘어졌다. 발이 삐끗했지만 다행히 다치지는 않았다. 옷을 탈탈 털고 일어났다.

이곳은 울창한 소나무 숲으로 둘러싸인 공원묘지다. 집에서 승용차로 한 시간이 넘도록 달려와야 했다.

산 아래 작고 좁은 길 쪽이다. 낡고 오래된 서너 채의 집이 납작 엎드려 있었다.

차에 시동 걸려고 열쇠를 꽂을 때였다.

어디선가 아이 울음소리가 들렸다. 그 울음소리는 짜증이나 응석 부리는 게 아니었다. 아파서 고통을 못 이기는 게 분명했다. 울음소리가 들리는 곳으로 저절로 발걸음을 옮겼다.

대문도 없는 허름한 집이다. 집안을 살필 겨를도 없었다. 알
수 없는 기운에 끌려 그냥 들어갔다. 마침 방문을 열고 남루
한 옷차림의 아주머니가 나오고 있었다. 그의 팔에는 울고 있
는 아이가 안겨 있었다.

얼른 다가가 아이를 들여다보며 물었다.

"어디 아픕니까?"

아주머니는 거리낌 없이 아이를 내밀며, 울먹울먹 말을 더
듬거렸다.

"밤새도록 열이 불덩이 같아 병원에 가려고 합니다."

"그래요?"

아빠 팔에 안겨 있는 아이는 딸아이만 했다.

"몇 살이에요?"

"여섯 살입니다."

'음, 딸과 똑 같네!'

아빠는 자신도 모르게 신음이 터졌다.

"아주머니, 저기 있는 차에 어서 타세요. 제가 병원까지."

아빠는 급히 차를 쌩쌩 몰았다. 하마터면 앞에서 달려오는
차에 부딪칠 뻔했다.

근처에 알고 있는 소아과 의원이 있었다.

급히 문을 열고 들어갔다.

"아니, 이른 아침에 최 형이 웬일이유?"

"아이 좀 봐 주게. 급성 폐렴 같아?"

"급한 환자를 최 박사가 치료하지 여기까지……."

"사정 이야기는, 우선 빨리!"

간호사를 부르고 치료를 서둘렀다.

아빠는 보고 있을 수 없어 밖으로 나왔다.

'저 아이는 살아야 해. 꼭 살려야 해!'

가슴이 울컥해진다. 딸의 모습이 저 아이와 함께 겹쳐진다.

아빠는 눈을 감고 머리를 흔들었다. 심한 갈증이 났다. 정수기에서 물을 받아 벌컥벌컥 마셨다.

창문에 기대어 멍하니 하늘만 바라보고 있었다.

"한숨 돌려도 되겠는데요."

친구는 큰 숨을 내쉬며 빙긋 웃어보였다.

"참으로 고마우이."

"오늘따라, 왠지 병원에 일찍 나오고 싶더구면."

아빠는 아이가 입원하고 있는 동안, 매일 그 병원에 갔다. 초콜릿도 사고, 딸이 가지고 놀던 장난감도 가져갔다.

창백했던 아이는 차츰 얼굴에 핏기가 돌아오고 있었다.

"아저씨, 이거."

이제는 아이가 제법 생글거린다. 작은 손 안에 들어 있는 건, 반질거리는 하얀 공기다. 딸도 이런 공깃돌을 무척 좋아했었다.

지난여름에는 가족이 바닷가에 가서 함께 줍기도 했다. 딸의 놀이 상자 안에도 여러 개가 있다.

'그 날도 공기를 보이며 놀자고 졸랐지.'

아빠는 며칠 후 아이를 퇴원시켰다.

아주머니 혼자 아이 병원비를 대기에는 생활이 몹시 어려워 보였다.

아빠는 이 아이를 위해서라도, 다시 일을 해야겠다는 생각이 들었다.

아이의 영양 상태가 몹시 나빴다. 그래서 면역이 떨어져 치료가 더 필요했다.

아빠는 오랜만에 하얀 가운을 입었다.

아이는 샘물처럼 맑은 눈으로 빤히 바라본다.

"아저씨도 의사야?"

아이의 초롱초롱한 눈이 물이랑 퍼지듯 커진다.

"그래."

아빠는 빙그레 웃으며 고개를 끄떡였다.

아이가 환히 웃는 얼굴이, 막 피어나는 발그레한 꽃송이다.

머리를 쓰다듬으며 진찰대 위에 눕혔다. 청진기를 가슴에 댔다. 심장 음이 규칙적으로 들렸다.

똑, 똑, 똑, 똑.

이것은 그날, 딸에게서 안간힘을 쓰고 들으려 했었다. 또, 듣고 싶었던 애타게 찾던 맥박 소리가 아닌가.

"정말 이 소리!"

넋 나간 사람마냥 한동안 그대로 있었다. 온종일 들어도 좋을, 힘찬 심장 박동 소리였다.

"원장님!"

간호사가 불러서야 아이의 가슴에서 청진기를 뗐다.

"아저씨, 매일 와야 해?"

"며칠만 다니면 돼. 뭐든지 꼭꼭 씹어 천천히 잘 먹고."

"그래도 주사는 싫어!"

몸을 살살 흔드는 것이, 꼭 딸의 재롱부리던 모습이다. 어느 때는 꼭 딸의 모습 같아 눈을 껌뻑껌뻑할 때가 있다.

딸 같으면 덥석 안아주고 싶도록 귀여웠다.

아이를 집에 데려다 주었다. 그리고 딸에게 갔다. 산 그림자가 길게 드리워져 어두워지고 있었다. 터벅터벅 산길을 걸었다.

여느 날과 다름없이 무덤을 쓰다듬었다.

어느 새 눈물이 줄줄 흘러내린다.

"소쩍소쩍. 소쩍."

밤새도록 소쩍새 소리가 들린다. 무슨 한이 있어 저토록 피나게 울어대는지…….

딸이 어디선가 나비처럼 너울너울 날아올 것만 같다.

'한 번만 꼭 안아 봤으면.'

이런 생각만이 가슴에 꽉 차오른다. 눈을 감고 벅차오르는 가슴을 지그시 눌렀다.

"아빠, 이제 오지 마!"

그런데 어디선가 나직이 소리가 들렸다.

분명 딸의 목소리다.

눈물을 손등으로 쓰윽 훔쳤다. 바로 앞에, 귀여운 딸이 방실방실 웃으며 서 있다. 와락 두 손으로 안으려 했다. 딸은 주춤 뒤로 두 서너 발자국 물러난다. 다시 앞으로 갔지만, 뒤로 물러서는 딸.

"아빠, 무섭지 않아!"

딸이 버들가지처럼 몸을 살래살래 흔든다.

"어린 너를 어떻게 혼자!"

"괜찮아. 공깃돌 놔 줘."

"그래?"

마침 아이가 준 공깃돌 생각이 났다. 주머니에 손을 넣었다. 그동안 딸은 가슴에 꽁꽁 묻어버렸다. 그리고 슬픔만은 등에 지고 살지 않으려, 아이를 마음속 딸로 알뜰히 보살펴줘야지 여겼다. 그러기에 주머니에 넣어 놓고 자주 만지작거렸다. 반질반질 매끄러웠다.

공깃돌을 꺼내 무덤에 놓았다. 잔디를 쓰다듬은 후 고개를 들었다. 짧은 시간이 지났다. 그런데 딸은 어디에도 보이지 않았다. 눈물을 손등으로 자꾸만 닦아냈다. 이리저리 고개만 갸우뚱거렸다. 눈에 선한 딸 아이. 초록 이불에 덮인 무덤만 자꾸 쓰다듬었다.

무심코 하늘을 보았다. 별이 하나, 둘 반짝인다.

'딸의 눈망울이 저 별빛 되어 반짝이고 있겠지. 그곳 하늘에서 하얀 공기로 재미나게 놀아라. 아빠가 같이 놀아주지 못해 미안해.'

아빠 두 눈에서는 그만 눈물이 뚬벙뚬벙.

(어린이문예진흥원 신인 작품상)

묵주 알과 염주 알

햇볕이 온종일 비추는 산골 양지 마을이 있습니다.

그곳에 소녀가 살았어요. 그런데 얼굴은 귀엽고 예뻤지만 키는 작았지요.

학년이 올라가고 나이를 먹어가도 왠지 소녀처럼 작았습니다.

키는 물론 손과 발, 손가락과 발가락까지.

눈도, 코도 게다가 마음까지 작아 친구들과 싸움질도 자주 했어요. 꼬맹이, 꼬맹이라고 놀리니 화가 나지 않겠어요. 혼자 구석진 곳에 가서 훌쩍훌쩍 울기도 했지요.

왜 요렇게 작게 낳았느냐고, 엄마한테 마구 심통도 부리고 투정도 했습니다.

짜증을 부리고 나면 엄마한테 미안하기도 했지요. 소녀의 마음도 한쪽 구석이 아프기도…….

어릴 적부터 신발 살 때입니다. 가게 주인이 습관처럼 하는 말이 있었어요.

"밥 대신 죽만 먹었니? 남들 클 때 뭐했어?"

이 말을 들으면 가게 주인이 때려주고 싶도록 미웠지요. 하지만, 어쩔 수 없이 참았어요. 몸이 작으니 힘도 세지는 못했습니다.

힘도 세고 키도 커지고 싶어 밥도 많이 먹고 다른 간식도 먹으면 꼭 배탈이 나곤 했어요. 그러니 조금씩 꼭꼭 씹어 먹어야 했습니다.

그 소녀는 나이를 먹어가면서, 노력하기에 따라 커질 수 있는 게 없을까? 낮에도 밤에도 고민 고민했어요. 그러다가 수녀가 되었습니다.

마음의 평수만은 조금씩이나마 하루하루 커지길 간절히 바라며 살고 싶었습니다.

그런데, 건너 마을에도 작은 소녀가 있었어요. 어릴 때 한 학년이었지요. 교실에서도 키가 작으니 맨 앞에 짝이 되곤 했어요. 자연스레 사이좋게 단짝 친구가 되어갔습니다.

간혹 동산에 올라가 동요도 실컷 불렀어요. 작은 마음을 나누며 고민도 털어놓고 위로도 하면서 자랐지요. 곱고 예쁜 색동추억을 차곡차곡 가슴에 저장해 놓기도 했습니다.

그 소녀도 작았기에 고민 고민하다 스님이 되었습니다.

그동안 더러 만나곤 했지요. 서로 고향의 옛 동산을 그리며 마음을 다독거렸습니다.

어느 날입니다.

그 스님은 수녀님의 손을 잡고 불교 용품 가게에 들어갔어요. 수녀님 발에 꼭 맞는 신발을 선물했어요. 작은 발이 더 예뻐 보였지요. 스님과 수녀님도 만족한 듯 씽긋 웃었습니다.

"고마워."

그랬더니 수녀님이 염주 알을 고릅니다. 염주 알이 108개입니다. 수녀님 묵주 알도 108개여서 수녀님은 묵주를 선물했어요. 그러자 스님은 수녀님에게 염주를 또 선물했습니다.

스님은 묵주로, 수녀님은 염주를 손에 들었습니다.

둘은 서로 빙그레 웃음을 띠며 고개를 끄떡입니다. 하느님과 부처님도 껄껄 웃으며 기뻐하실 겁니다.

오늘도 마음이 커지기를 열심히 기도 마중을 나갑니다. 따라서 손 마중, 발 마중도 같이 따라갑니다.

키가 큰 사람이나 작은 사람이나, 마음의 크기나 무게가 어떻게 다르겠어요?

수녀님과 스님은 어릴 때보다 더 친한 사이가 되어가고 있습니다.

간혹 만나 차도 마시며 껄끄러운 속내도 털어놓습니다. 서로 위로하며 친절한 사이로 과일의 단맛처럼 익어가고 있습니다. 그러자니 수녀님과 스님의 사랑은 더 돈독해 집니다.

어릴 적 우정이 먼 훗날 어른이 되어서까지 계속 이어갑니다. 고민도 행복도 서로 나누며.

두 소녀는 이 세상에서 아름다운 마음이 커지길 바라는 귀한 보석으로 반짝 반짝입니다.

그 반짝임은 주위의 많은 사람 가슴에도 꼭꼭 심어가면서, 날마다 새롭게 살아갑니다.

수녀님과 스님은 몸은 작습니다. 하지만 108개의 염주 알, 묵주 알로 세상을 밝고 환하게 만들어 가는 천사가 되어 가고 있습니다.

천 원 한 장의 기쁨

치적치적 내리던 여름 장마도 끝났나 보다.

오늘은 깨끗한 파란 하늘에 햇살이 쨍쨍한 날씨다.

베란다에서 내려다보니 우산 할아버지가 나오셨다.

비가 그치고 날이 들면 우산살이 가득한 가방을 메고 출근하는 할아버지가 계셨다.

"장마 때문에 우산을 두 개나 고쳐야겠네. 갖다 드려라."

엄마는 접는 우산과 긴 우산을 건네준다.

경비실 옆 그늘진 곳에 비닐 자리를 펴면 그곳이 할아버지의 하루 일터다.

"이 우산 고쳐 주세요."

할아버지는 받더니 빨간 끈으로 우산 둘을 살짝 감아 놓는다. 아마 다른 것과 구별하기 위해서인가 보다.

"수리비는 한 개당 천 원입니다. 일이 좀 밀려 있으니 조금 있다 오세요."

쭈글쭈글 주름진 얼굴에 웃음 가득 담고, 어린 나에게 존댓말을 한다. 기분이 짱이다.

할아버지 일손을 우두커니 바라보았다. 하얀 머리카락 사이 드문드문 까만 머리가 있고, 이가 빠져 합죽 오그라진 볼. 우산을 꿰매는 골무 낀 손길만은 무척 빨랐다.

놀이터에서 그네도 타며 놀다 우산을 찾으러 폴짝폴짝 뛰어 갔다.

바지 주머니에서 이천 원을 꺼내 두 손으로 내밀었다.

"한 개는 터진 실밥만 꿰맸으니 천 원만 받아도 되겠어요."

우산을 펼쳐 보이더니 다시 접으며 천 원 한 장을 되돌려 준다.

나는 잠시 눈을 껌뻑껌뻑 거렸다.

"고맙습니다."

나는 얼결에 고개를 푹 숙였다. 그리고 우산을 쥔 채 냅다 집으로 달렸다. 현관문을 꿍꽝 열고 들어가며

"한 개는 그냥 고쳐주고 천 원만 받으셨어요. 일요일 아침부터 공짜 돈이 생겼네!"

나는 숨을 헉헉 쉬며 오른 손에 천 원 한 장을 힘차게 흔들었다.

"엄마, 이 돈은 절 주세요!"

"심부름 값으로?"

"특별한 돈이잖아요."

"지난번에도 양산을 부탁하지 않은 곳까지 꼼꼼히 손을 봐서 얼마나 고마웠어. 일도 잘 하시는 데다 간단한 수리는 그냥 해주서!"

"할아버지 머리는 더하기, 빼기하는 성능 좋은 계산기가 있나 봐요."

"남의 손에 있는 떡도 뺏어 먹으려는 세상에 보기 드문 분이지. 그런 노인이 계셔 볼 때마다 얼마나 흐뭇한지 몰라!"

엄마 얼굴에는 잔잔한 웃음이 퍼진다.

"할아버지처럼 넉넉한 마음을 가지고 살면 기쁘겠죠! 교실에 떨어진 휴지를 냉큼 줍는다든가."

"할아버지는 우산 수리하시고, 우리 딸은 마음을 수리하네!"

엄마에게 내 속 마음을 들킨 것 같아 부끄러웠다.

며칠 전이다. 교실에 무심코 휴지를 버린 것이 마음에 찜찜하게 남아 있다. 내가 버리지 않았다고 친구와 티격태격 싸웠다.

"우산 할아버지를 보면 항상 행복하게 보여. 행복은 명품 같은 물건으로 채워지는 게 아니고, 선한 마음으로 채워진다고 하잖아."

"주름진 얼굴이지만 웃음이 늘 꽃처럼 피어 있고, 아이에게 존댓말을 쓰니 존경스러워요."

"우산을 꼼꼼히 수리하시는 걸 보면 때로는 마음의 상처도 꼼꼼히 꿰매며 수리하는 어른으로 보이기도 해."

"친할아버지 같이 다정스러워요."

"그럼, 그럼."

엄마와 나는 저절로 고개를 끄떡거렸다.

"이 돈은 제 통장에 끼워 놓을래요. 우산 할아버지 생각하며!"

수해의연금이나 불우 이웃돕기 성금으로, 자막이 TV 화면 맨 위에 보일 때가 있다. 엄마가 더러 수화기를 들고 번호 돌리는 걸 보았다. 비록 작은 돈이지만 웃음을 주는 성금이라고 한다.

천 원 한 장으로 기쁨을 주는 할아버지.

가난도 수리하고 건강도 수리해서 늘 행복한 할아버지 가정이 되었으면.

우리 땅, 우리 농산물

조상님께 차례를 지낸 설날도 벌써 일주일이 지났습니다.
떡국 먹고, 나이도 먹어 배가 불룩합니다.

산물이는 올해 유치원 다닌다는 생각을 하니 기분이 짱이
에요. 그곳에는 또래 친구들이 많을 겁니다.

밖에 나가면 찬바람이 쌩쌩 불어 귀를 얼얼하게 합니다.
하지만, 논두렁 밭두렁을 씽씽 달려보고 싶었어요. 강아지 복
실이와 함께 달음박질하면 복실이 꼬리에는 웃음도 기쁨도
마냥 힘차게 살랑거려요.

아빠는 농사를 지으니 농부라고 합니다. 내 이름은 아빠가
멋지게 지었습니다.

"아빠 성씨가 '농' 씨였으면 좋았겠지? 네 이름이 농산물이

되는 건데. 그러나 우리는 강 씨야. 부모님 성을 바꿀 수는 없지. 우리 딸은 강산물, 산물아!"

아빠가 나직이 불러봅니다.

"예!"

산물이는 힘차게 대답을 합니다.

보름이 되어 쌀, 보리, 콩, 조, 수수를 섞은 오곡밥도 엄마가 맛있게 지었어요. 시금치, 무, 도라지, 콩나물은 더 맛있습니다. 까만 김에 싼 김밥은 꿀맛이에요.

옆집 언니는 복조리를 가지고 밥을 얻으러 왔습니다. 보름날은 아홉 집에서 지은 밥을 얻어먹고, 아홉 번 밥을 먹어야 건강해진다는 우리 한국의 아름다운 전통이 있습니다.

저녁에는 경로당 마당에서 솔가지를 모아 달집을 활활 태웠어요. 환한 보름달을 보며 저마다 소원을 빌었습니다. 어른들은 건강하십사하고, 아이들은 씩씩하게 자라기를 달님을 바라보며 두 손을 모았습니다. 나는 유치원 친구와 사이좋게 지내기를 두 손을 모아 달님을 보며 빌었습니다.

아빠가 대문을 나섭니다.

"어디 가아?"

"이제 날씨가 풀리니 흙에 거름을 섞어야지. 비닐하우스에

씨 뿌릴 준비도 해야 하고, 모든 농사에 먼저 준비손을 꼼꼼히 봐야 되겠지."

산물이는 아빠 손을 잡고 폴짝폴짝 뛰며 갑니다.

뺨을 스치는 바람이 한결 순해졌어요.

겨울 쌩쌩 찬바람도 봄바람 위해 길을 살짝 비켜주나 봅니다. 차가운 겨울이 봄맞이 위해 선뜻 양보할 줄 압니다.

비닐하우스 문을 열자 후끈합니다.

시금치, 파, 부추, 토마토 없는 게 없어요. 이곳은 채소 백화점이에요.

엄마는 한 겨울에도 자주 드나듭니다. 여기서 싱싱한 반찬 거리를 가져 옵니다. 시장의 채소 가게나 마찬가지입니다. 엄마는 옆집에도 자주 나누어 줍니다.

유치원 다닌 지, 한 달쯤 됐습니다. 그리고 내 생일도 다가 왔습니다. 귀빠진 날이라고도 합니다.

아빠, 엄마가 밭에서 정성스레 키운 먹을거리입니다. 커다란 가마솥에 장작을 지펴 푹 쪘습니다.

"어린이 여러분! 산물이 어머님께서 간식으로 맛있는 먹을 거리를 푸짐하게 가져 오셨어요."

선생님이 찜통을 열었을 때, 김이 모락모락 올라 왔어요.

고구마, 감자, 옥수수 구수한 냄새까지 교실에 확 풍겼습니다.

"에이!"

옆에 앉은 친구가 코를 움켜잡고 빠르게 손부채질을 합니다.

"피자나 햄버거면 좋은데……."

다른 친구도 얼굴을 잔뜩 찡그립니다.

산물이는 가슴이 쿵쾅거리고 얼굴이 빨개졌습니다. 쥐구멍이라도 있으면 들어가고 싶습니다.

"여러분, 과자나 빵 보다는 이렇게 우리 땅에서 직접 가꾼 농산물이 건강에 훨씬 좋아요."

선생님이 우리들 얼굴을 죽 둘러보며 하는 말입니다.

"다른 나라에서 온 과일에는 나쁜 약을 뿌렸다고 들었어요."

승일이가 손을 번쩍 들더니 힘차게 말했습니다.

"외국서 가져온 채소에도 약을 뿌렸대요. 싱싱하게 보이려고."

규찬이는 엄지손가락까지 치켜세우며 우렁차게 말했지요.

"그래요. 강산물이 아버님께서 손수 가꾸신 것이니 더욱 맛이 있겠지요."

엄마가 선생님 곁에 살며시 다가갑니다.

"산물이 친구들아, 이 먹을거리는 우리 입에 들어가는 것
이에요. 그러니 농약도 치지 않았단다. 화학 비료도 쓰지 않
고 푹 썩힌 거름을 섞어 밑거름으로 키웠어요. 우리 몸에 아
주 좋은 음식입니다."

엄마는 빙그레 웃으며 선생님처럼 또박또박 말을 했습
니다.

"그래요. 어떤 음식보다 손수 해 오신, 이 음식이 건강에
훨씬 좋아요. 강산물이 어머님을 위해 큰 박수를……."

모두가 힘차게 손뼉을 쳤어요. 교실이 들썩이도록.

엄마 얼굴이 환해집니다.

"우리 땅, 우리 농산물이 최고야!"

선생님이 큰 소리로 말합니다.

"우리 땅, 우리 농산물이 최고야!"

모두가 따라서 목청껏 소리칩니다.

아빠는 농부, 나는 산물이에요.

우리 땅, 우리 농산물!

우정의 눈물

남해의 바다가 있는 어촌이면서 농촌인 우리 마을. 내가 다니는 이 작은 학교에 아빠는 선생님이다.

우리 집은 학교에서 좀 떨어진 야트막한 산 밑이다. 거기에 바다도 저만치 보이는 마을이다.

집 앞에는 작은 도랑물도 소살소살 흐른다. 바다에 나갈 필요 없이 여름이면 가재나 피라미도 잡으며 물장구치고 논다.

담 밑으로 맨드라미나 과꽃이 피었다. 채소밭에는 쑥갓, 상추도 파릇파릇 자랐다.

헛간 창고에는 닭이 몇 마리 드나들었다.

엄마는 봄이 오면 마루 끝에 암탉이 알을 품을 수 있는 둥지를 만들어 주었다.

송화네 통통통 통통배

내가 2학년에 올라갔다. 특별한 선물을 준다고 했다. 그것
은 둥지에 오리 알 두 개를 먼저 넣어주었다.

달걀이 병아리가 되려면 21일이 걸리지만 오리는 28일이
라고 한다.

이번 암탉은 더 수고를 보태야 했다.

나는 정말 손가락을 꼽아 가며 병아리도 물론이지만, 오리
가 나오기를 기다렸다.

암탉에게 자주 물도 주고 먹이도 갖다 주었다.

알이 깨어날 때쯤이다. 껍질이 알에서 깨는 것을 줄이라
하고, 어미는 밖에서 껍질을 쪼아 깨트려 주는 걸 탁이라 한
다. 안과 밖에서 같이 거들어 동시에 병아리가 껍질을 깨고
나온다. 이걸 줄탁동시(啐啄同時)라는 말도 알게 되었다. 어
미와 새끼는 이렇게 한 마음이다.

삐약삐약 하는 소리가 들렸다. 오리는 아직도 감감 소식이
다. 물론 더 기다려야 되는 건 안다. 하지만 엄마가 주신 선물
을 빨리 받고 싶은 마음이 굴뚝같았다.

수업이 끝났다. 친구하고 놀다오고 싶어도 혹시나 오리가
얼굴을 내밀었나 싶어 궁금해서 마구 달려오곤 했다.

하얀 오리가 드디어 세상에 모습을 짱하고 드러냈다.

한 마리는 하루가 지나도 소식이 없다. 엄마가 이쑤시개로

조심스럽게 껍질을 찔러 보았다. 아쉽게도 알이 상해, 결국 부화하지 못했다.

나는 한 마리로 만족해야 했다. 그러기에 더 소중했는지 모른다. 병아리 보다는 조금 크고 물갈퀴가 있어 더 예뻐 보였다. 암탉이 병아리를 데리고 산책을 나갈 때도 있었다. 그러면 오리는 도랑물에 들어가 유유히 물장구치며 놀았다. 그러면 암탉은 소리를 꽤액 꽤액 지르며 날개를 파닥거렸다. 물을 좋아해 헤엄치는 오리인 줄 전혀 모른다.

이름을 쭈쭈라 지었다. 어린 쭈쭈를 안고 동네 골목을 다녔다. 친구를 만나면 자랑하곤 했다.

"야, 내 동생 쭈쭈다."

"자식 별것도 다 자랑하네. 오리가 어떻게 사람 동생이 되냐?"

어떤 친구한테는 통방을 듣기도 했다. 하지만 나는 세상에서 가장 친한 친구가 되어 갔다.

"쭈쭈!"

학교 갔다 와서 부르면 뒤뚱뒤뚱 엉덩이를 흔들며 어디선가 쏜살같이 다가왔다. 책가방은 쭈쭈 목에 걸어주고 얼굴을 폭 감싸며 마구 비벼 주곤 했다.

쭈쭈가 특히 좋아하는 먹이는 지렁이다. 자주 지렁이 사냥을 나섰다. 호미를 들고 나서는 모습을 보면 꽥꽥 거리며 쪼르르 달려와 앞장을 섰다. 수채 구멍이나 거름 무더기에서 호미로 긁어 흙을 파헤치면 꿈틀꿈틀 거리는 지렁이. 처음에는 몹시도 징그러워 만지는 게 망설여졌다. 하지만 동생이 좋아하는 먹이기에 참아낼 수 있었다. 쭈쭈는 정신이 없을 정도로 달려들어 잽싸게 먹어댔다.

그러다 한번은 쭈쭈가 다쳤다. 긁어낸 흙속에 지렁이가 꿈틀거리자 먹으려 쭉 내민 주둥이. 내가 호미로 그만 찍어내고 말았다. 쭈쭈는 기겁을 하고 꽥꽥 소리 지르며 달아났다. 달려가 겨우 붙잡아 살펴보았다. 넓적한 주둥이 앞부분이 호미 날에 맞아 갈라졌다. 피가 흐르고 있었다. 얼른 내 옷 앞섶으로 꼭 감싸고 말았다. 피가 더 이상 나오지 못하게.

"미안, 미안."

나는 한동안 쭈쭈를 꼭 껴안고 있었다. 쭈쭈의 따스한 체온이 내게 전해졌다. 사람 체온과 같다.

부모님에게 혼날까봐 이야기 하지도 못했다. 하루 이틀 지나자 생각보다 빠르게 나았다. 정말 다행이었다. 내 잘못에 마음이 쓰여 전보다 열심히 쭈쭈 데리고 지렁이 사냥을 다녔다. 상처가 아물면서 좀 길게 찢어진 곳에 흉터가 남았다. 쭈쭈는 그런 입으로도 지렁이 사냥에는 조금의 망설임도 없었다.

이렇게 나와 쭈쭈는 우정을 새록새록 돈독하게 키워가고 있었다.

내가 3학년이 되었다. 학교 담장에는 개나리가 노란 꽃봉오리를 새의 부리처럼 뾰족이 내민다. 노란 꽃으로 활짝 피어났을 때보다 더 예쁘다.

개나리는 봄맞이 꽃이다. 노란 꽃잎이 네 개라며 아빠가 제일 좋아하는 꽃이다.

일요일 아침이다. 아침상을 물리며 아빠는 숭늉을 마시다 뜻하지 않은 말씀을 하셨다.

"철이야, 저 오리를 교장 선생님 댁에 갖다 드려라. 사모님이 아프서서 약으로 쓰신단다."

"예?"

나는 너무 놀랐다. 당장 거역하고 싶었다. 하지만 어쩌겠는가? 학교 선생님인 아빠 말씀을…….

입을 댓발이나 내밀고 전혀 내키지 않는 마음으로 마당에 나갔다. "쭈"하고 불렀다. 쭈쭈는 평소처럼 뒤뚱거리며 달려나왔다. 나는 얼른 쭈쭈를 붙들어 가슴에 얼른 품었다. 그리고는 동네로 난 지름길을 버리고 쭈쭈와 자주 놀던 뒷산 길을 택해 학교에 가기로 마음먹었다.

쭈쭈를 안고 가면서 흐르는 눈물을 주체할 수 없었다. 쭈쭈와 함께 자주 놀던 커다란 참나무 밑까지 왔다. 쭈쭈를 내려놓고 털썩 주저앉아 소리 내어 홀쩍홀쩍 울었다. 쭈쭈도 그때서야 뭔가 이상하다는 듯 내 주위를 저벅저벅 맴돌았다. 아빠가 처음으로 싫고 미웠다. 이곳은 닷새마다 장이 서는 5일장이 있다. 장날이면 오리를 얼마든지 살 수 있다. 그런데 하필 내 쭈쭈를……

학교 뒤에 교장 선생님 댁이 있다.

대문을 들어섰다. 나는 한동안 방문을 향해 서 있었다. 어떻게 내 단짝인 쭈쭈와 헤어지나………!

한참을 망설이다 입을 열었다.

"오리 가지고 왔어요."

나도 모르게 말을 더듬거렸다.

아침을 먹고 있는 중이었다. 빨간 끈을 하나 주면서 장독대 옆 석류나무에 묶어두라 한다. 나는 결국 쭈쭈를 내려놓았다. 한동안 껌뻑껌뻑 바라보다 시키는 대로 묶었다. 그러자 쭈쭈는 갑자기 당한 황당한 상황에 놀랐다. 큰 날개를 파닥거리고 꽥꽥 거리며 나에게 오려고 몸부림치기 시작했다. 그러나 어쩌랴. 끈으로 매어진 다리 때문에 몸부림칠수록 엎어지며 뒹굴 뿐이었다. 나는 더 이상 지켜볼 수 없어 돌아서 몇 걸음을 옮겼다. 그러다 고개를 돌렸을 때 나는 그 자리에 얼어 붙고 말았다.

쭈쭈의 눈에서는 눈물이 뚝뚝 떨어지고 있었다. 얼마나 쏟 아지는지 목을 타고 내린 눈물이 앞 깃털을 흥건히 적시고 있 다. 그러고도 눈물은 계속 흘러내린다. 쭈쭈와 눈이 마주치 자 내 가슴은 미어졌다. 나도 흐르는 눈물을 참을 수 없었다. 더 이상 어찌할 수 없어 달려가 와락 껴안았다. 그러고는 소 리를 크게 내어 같이 엉엉 울고 말았다.

우는 소리에 방문이 활짝 열렸다. 식구들 눈이 휘둥그레 졌다.

"오리가 저토록 눈물을 흘리다니!"

사모님 말에 이어

"정말, 오리가 눈물을……."

교장 선생님도 다른 식구들도 동시에 터져 나온 말이다.

"짐승이 울다니! 아이와 서로 껴안고 펑펑 우는걸 보니 참 으로 아름다운 세상이네. 너희의 우정에 내 병이 다 나은 것 같다. 데리고 가서 잘 길러라."

사모님의 따스한 말이었다.

"고맙습니다. 고맙습니다."

나는 고개가 땅에 닿도록 수 없이 끄떡끄떡.

바지만 입던 소녀

"엄마, 오늘은 몇 개 넣을까?"

나는 설거지하는 엄마를 바라보며 물었다.

"오늘부터는 이백 개씩 넣자."

"너무 많아!"

나는 어깨를 흔들며 울상을 지었다.

"그래야 혼자 잘 걸을 수 있지. 다음, 그 다음 달이면 학교 갈 텐데……."

응석 부리려던 나는 이내 생글거렸다. 그러고는 메주 쑤는 노란 콩을 방바닥에 쏴아 엎었다. 한 되가 넘는 콩이 와르르 쏟아진다. 어느 건 구슬처럼 떼구르르 굴러 간다. 우산 꽂는 튼튼한 통을 가져왔다.

"미화야, 꾀부리지 말고 하나씩 하나씩 넣어. 갖다 올게."

"알았어."

엄마는 물기 묻은 손을 앞치마에 쓱쓱 닦는다. 빙긋 웃음 담고, 이내 등을 돌린다. 발걸음을 종종거리며 달리실거다. 지난 가을부터 부부가 의사인 집에 일하러 가신다. 그 집에는 나와 동갑인 딸아이가 있다. 그 아이가 입던 옷이며, 헌책을 더러 가져오신다.

콩을 하나 주우면 일어나서 통 속에 넣고 다시 앉는다. 또 콩 하나를 줍고 일어나서 통 속에 넣고 앉는 일을 수 없이 반복한다. 이걸 다 넣으려면 30분 넘게 걸린다. 어려서는 한 개 넣고도 털썩 주저앉았다. 그러면 엄마가 늘 부축해 주었다. 그때는 다리가 아프다며 엄마를 붙들고 울며 떼를 쓰기도 여러 번이다.

건강한 아이는 돌 때 뛰어다닌다고 한다. 그런데 나는 서지도 못했다. 다리가 선천적으로 약하다며 병원에서 처방을 주었다. 그것이 콩을 하나씩 주워 담고 앉았다 다시 일어나는 운동이다. 또 하루에 30분 이상 꼭 햇볕을 쐬라고 했다.

엄마가 신혼 때 형편이 어려웠다. 아빠가 일하는 농장인 비닐하우스에서 살림을 시작했단다. 그곳엔 습기가 많았다. 그린 곳에서 생활한 탓으로 아기 때 소아마비가 되었다고 한다.

"왼발, 오른발."

엄마 양손을 잡고 방안에서 걷기 연습이다. 이것이 어릴 때 하루 생활이었다. 엄마는 내가 싫증나지 않게 놀이처럼 춤을 추듯 즐겁게 걷기 연습을 시켰다. 벽을 잡고 혼자 걷는 것도 두 돌이 지나서였단다. 그것도 바르게 걷지 못하고 한쪽으로 쏠리듯 오리처럼 뒤뚱뒤뚱 거렸다.

동물이나 과일이 그려져 있는 카드로 한글을 일찍 익혔다. 그림책을 떠듬떠듬 읽으며 놀았다. 혼자 그림을 가지고 그럴듯하게 재미나게 이야기를 지어내기도 했다.

"허허, 호호!"

엄마의 거친 숨소리다. 빠른 걸음으로 왔기에 숨이 차다. 그래도 웃음으로 가득 차 있는 엄마 얼굴. 차츰 건강해져가는 나를 보면 힘이 솟는단다.

엄마는 가방에서 부스럭거리며 무얼 꺼낸다.

"새 옷은 아니지만 레이스 달린 분홍색 원피스 어때?"

엄마가 옷의 어깨를 양손으로 잡고 펼쳐 보인다.

"예쁘지만, 난 바지만 입잖아!"

"버리기 아까워."

"……."

학교가기 위해 책가방이며 새 운동화도 샀다. 공부는 잘 할 수 있다는 생각이 든다. 하지만 운동이며 친구와 어울리는 건 왠지 두렵다.

일부러 학교 앞으로 이사를 했다.

입학식 날은 따스한 햇살이 무더기로 쏟아졌다. 나는 엄마 손을 잡고 기우뚱거리며 걸었다. 눈부신 해님이 기다렸다는 듯 반긴다.

반에서는 물론, 전교생 가운데도 내가 제일 먼저 학교에 온다. 뒤뚱거리며 걷는 모습을 보이기 싫어서다.

체육 시간만 빼놓고 다른 시간은 모두 즐겁다.

공부 시간에는 선생님 눈만 바라본다. 어른이 되면 선생님이 될까 즐거운 상상도 한다.

"장미화는 발음이 또박또박 정확하게 책을 댕글댕글 잘 읽는구나!"

선생님이 칭찬해 주시기에 학교 가는 게 매일 즐겁다.

개나리도 피고 지고, 벚꽃도 바람에 꽃잎이 눈송이처럼 날린다.

"엄마! 학교 정원에 분홍, 빨간 철쭉이 피어 눈이 부시도록 아름다워. 내일은 레이스 달린 그 분홍 원피스 입고 학교 갈까?"

"바지 안 입고? 맘대로 해!"

그 날도 제일 먼저 학교에 왔다. 책을 펴 놓고 속으로 읽고 있었다. 선생님이 시키면 잘 읽어야지 하면서.

"미화, 내 옷을 입었잖아!"

언제나 옷도 멋지게 입는 한송이다. 내 앞에서 불쑥 내뱉는 말이다.

"아아 – 냐, 엄마가."

나는 그만 입을 꾹 다물었다. 쥐구멍이 있다면 얼른 들어가고 싶었다. 마침 선생님이 들어오셨다.

나는 수업 중에 공부도 하기 싫어 창밖만 멍하니 바라보았다. 수업이 끝나자 서둘러 집으로 왔다. 텅 빈 집안이 오늘따라 쓸쓸하다.

지난여름 아빠는 돈을 많이 벌 수 있다는 원양 어선을 타고 먼 바다로 나가셨다. 엄마가 동생 하나만 낳자 해도 '우리 딸 미화로 만족해' 하시던 아빠. 사랑을 흠뻑 주셨는데 이제는 영영 볼 수가 없다. 사나운 폭풍이 아빠를 그만 데려갔다. 아빠를 그리워하다가도 엄마 웃는 얼굴 떠 올리며 고개를 흔든다. 슬픔도 꾹꾹 누르고 눈물도 꽁꽁 감춘다.

현관문을 열고 엄마가 웃음 띠며 들어섰다. 이럴 때면 학교에서 있었던 일을 하나하나 조잘댄다. 그런데 오늘은 입을 꾹 다물었다.

"저녁 먹자. 콩자반하고 멸치볶음이다. 좀 넉넉히 했기에 가져 왔어."

엄마는 젓가락으로 집어 내 숟가락 위에 올려놓는다.

"싫어!"

한송이의 차가운 얼굴이 확 떠올랐다. 고개를 흔들며 집어 냈다.

송이와 한 반인 것을 엄마도 안다.

"어디 아프니?"

나는 고개를 절레절레 흔들었다.

피곤한 엄마를 위해 저녁이면 동화책을 읽어준다. 그런데 일찍 자리에 들었다.

교실에서도 일부러 송이 눈을 피했다. 쌀쌀맞아 오히려 겁이 났다.

'아빠도 있고, 부잣집 딸이기에 부럽다.'

나는 저절로 콧잔등이 찡하게 아려온다. 갑자기 눈에 눈물도 그렁그렁 고인다.

'위를 보면 초라해지지만 아래를 보면 넉넉하다'는 엄마 말을 곱씹어 본다. 병아리가 물 한 모금 입에 물고 하늘 보고 꿀컥 삼킨다. 나도 아빠 계시는 하늘 보고 슬픔을 꿀컥 삼킨다.

"우리가 송이 집에 가서 얼마동안 살아야 되겠다."

엄마의 느닷없는 소리다.

"왜─애?"

"비행기 사고를 TV에서 봤잖아. 송이 부모님이 학술 발표하기 위해 독일 가던 바로 그 비행기야. 엄마, 아빠가 다쳤대. 다행이 생명엔 지장이 없지만 많이 다쳐 외국 병원에 있단다. 얼마간 거들어 주신다는 할머니도 시골에 가셔야 할 일이 생겼어. 집안에는 송이 혼자니 어떡해, 도와주어야지."

"우리가 뭣 땜에 도와줘?"

나는 톡 쏘아 붙였다.

"갈 테면 엄마 혼자가."

"어려울 때 친구를 도와야지. 우리도 아빠가 돌아가셔서 힘들 때 도와준 사람들 생각하면……."

엄마는 아빠 이야기만 나오면 금세 눈시울이 젖는다. 요즘 엄마 얼굴은 슬픔을 포장하려 짓는 웃음인 걸 안다. 억지로라도 자꾸 웃다 보면 좋은 일도 생긴다면서.

나도 밤이면 빈집에 혼자 있을 용기는 눈곱만큼도 없다.

그러고도 이틀이 지났다.

엄마가 무거운 책 보따리를 들고 송이 집 벨을 눌렀다. 기척이 없다.

"있을 텐데……."

두 번, 세 번 눌렀다. 엄마가 번호를 누르려는데 찰칵 소리가 났다. 송이가 울고 있었는지 눈이 벌겋다. 나도 멋쩍어 그냥 서 있었다. 엄마 따라 들어간 방은 깔끔하게 잘 정돈되어 있다.

화장실 가는 거 외에는 꼼짝을 안했다.

식탁에서 함께 저녁 먹으면서도 우리는 아무 말을 안했다. 엄마도 구태여 말을 시키지 않는다. 밥을 먹고 들어왔다. 방에서 앞으로 뒤로 걷는 연습을 자꾸 되풀이 했다. 엄마가 자리끼인 물 한 컵을 들고 왔다. 나는 저녁에 일찍 자는 종달새를 닮았다. 그래도 낯선 방이어서 그런지 뒤척이다 늦게야 잠이 들었다. 얼마를 잤다. 훌쩍거리는 소리에 잠이 깨었다. 송이가 베개를 들고 울며 서 있다.

"무서워요. 흐─흑!"

"그래, 그래."

엄마는 송이를 덥석 안아 왼편에 눕힌다. 한참까지 흐느낀다. 어린 아기 재우듯 송이 등을 토닥토닥 거린다. 나는 엄마를 빼앗긴 기분이다. 넓은 등에 바싹 붙었다. 엄마 손이 뒤로

해서 내 손을 꼭 잡아 준다.

나는 새벽에 일어났다. 부엌에서는 벌써 달그락 도마 소리가 들린다. 송이는 아기처럼 새근새근 잔다.

책상에 앉아 예습을 했다. 학교 갈 준비를 마치고 식탁에 앉았다. 학교가 조금 멀다. 걸음이 느리니 일찍 나서야 한다. 엄마가 학교 앞까지 책가방 들고 따라왔다. 평소보다 공부에 재미가 없다. 학교 끝나고 송이 집에 갈 생각하니 심드렁하다.

'그냥, 우리 집에 갈까? 어쩔까?'

두 마음이 그네처럼 왔다 갔다 한다. 뒤뚱뒤뚱 발걸음을 옮겼다. 엄마가 저쪽 큰 길에서 걸어온다. 다리가 튼튼했으면 '엄―마' 하고 달음질쳤을 텐데. 엄마가 오히려 뛰어온다.

송이는 벌써 와서 과일을 먹고 있다. 나를 힐끔 보더니 방으로 들어간다. 나는 화장실 가서 손을 깨끗이 씻고 나왔다.

송이가 한 아름 옷을 껴안고 오더니 식탁 한쪽에 올려놓는다.

"나는 작아. 다 입어. 지난번엔 미안……."

송이는 대번에 울음을 터뜨린다. 갑작스런 일이어서 나도 동그란 눈이 되었다. 엄마도 눈만 찡긋한다.

"벙어리처럼 말을 안 해서, 내가 더, 더 미안해!"

나는 말을 더듬거렸다. 계속 훌쩍이는 송이.

"원피스 때문에 짐작은 하고 있었지만 둘 다 고맙다."

엄마는 송이를 꼭 껴안아주고, 나도 한참동안 껴안아주었다.

나는 송이 손에 끌려 방에 들어갔다. 하얀 양 인형 다리를 꾹 누르면 "메 헤헤" 소리가 난다. 또, 닭의 다리를 누르면 "꼬끼오"가 들린다. 서로 눌러보고 재미있어 깔깔 거리며 한동안 놀았다.

송이 부모님이 오시는 날이다. 공항에 나갔다. 두 분이 들것에 누운 채 들어온다. 붕대에 칭칭 감겨 있다. 송이는 그만 울음을 터뜨린다. 여기저기 환자를 붙잡고 가족들이 운다. 나도 눈시울이 뜨겁다.

대학병원에 갔다. 송이 아빠보다도 엄마 허리뼈가 부러져 오래 걸릴 거란다. 한 병실에 있는 것을 보고 늦게야 집에 왔다. 송이는 집에 와서도 시무룩하다. 위로해 줄 말이 없어 내 마음도 찌릿찌릿 아프다.

그날 이후 엄마가 음식을 만들어 주면 매일 병원으로 날랐다.

"미화, 송이 왔니?"

송이 부모님이 반가워하신다. 보름쯤 지나자 송이 아빠는 목발을 짚고 화장실은 드나든다. 송이 엄마는 침대에 그대로 누워만 있다.

어느 날, 나도 의사 선생님한테 진찰을 받았다.

송이 아빠가 정형외과 의사 선생님한테 이야길 했단다. 발목을 어느 정도 교정하면 뒤뚱거리지 않고 걸을 수 있다고 한다.

'내가 정말 반듯하게…….'

엄마가 더 좋은지 싱글벙글이다.

여름 방학하는 날 바로 병원에 갔다.

송이 엄마 곁에 새 침대가 놓이고 나는 그곳에 누웠다.

이제는 엄마와 송이가 매일 문병 온다.

의사 선생님이 묶어 놓은 왼 다리에 하루 세 번씩 아주 조금씩 나사를 서서히 조인다.

"아아 — 아야, 아야! 아파, 아파! 엄마 아파, 아파!"

그럴 때면 나는 뼛속까지 아파서 자지러진다. 병원이 떠나가도록 비명을 질러대며 펑펑 운다. 엄마도 나를 부둥켜안고 눈물범벅이다.

"아직 어리기에 가능해. 아파도 조금씩 이겨 내자."

송이 아빠가 땀투성인 내 얼굴을 닦아주며 안쓰러운 표정이다.

"방학 끝날 즈음이면 그런대로 똑바로 걸을 수 있을 거예요."

송이 엄마가 우리 엄마를 보며 격려를 해준다.

"그럼, 잘 걷고말고. 뜀박질 할지도 몰라!"

송이 아빠도 담당 의사가 오면 늘 옆에서 지켜보며 도와준다.

병원 침대에 누워서 지낸 지 한 달 가까이 다가온다.

"미화야, 선물 보여줄까?"

송이가 생글거리며 두 손 뒤로 한 채 무얼 감추고 있다.

"뭔데?"

"짜~잔, 짠!"

가방에서 나온 것은 그림책에서 공주나 입는 화려하고 예쁜 원피스다.

"어제 송이가 졸라서 백화점에 갔어. 퇴원하면 병원 옷 벗고 입히자며 송이가 골랐단다."

엄마가 웃음 가득 담고 하는 말이다.

"와 아! 레이스가 아주아주 예뻐!"

송이 엄마, 아빠가 손뼉까지 친다.

"송이야, 내가 이 옷 입으면 눈부시게 아름다워 나비처럼 훨훨……."

"미화는 공주처럼 아름다울 거야."

송이가 생글 생글거리며 하는 말이다.

'아빠도 하늘나라에서 기뻐하시겠지.'

나는 갑자기 아빠가 그립고 감격되어 눈물이 핑 돈다.

반인자 선생님의 남다른 동화의 맛

박 성 배

잘 익은 사과를 한 입 베어 물면 새콤달콤한 맛이 입 안 가
득 찹니다.

귤을 베어 물면 향긋한 귤 향이 온 몸을 돕니다. 동화도 마
찬가지입니다.

동화를 읽으면 그 동화를 쓴 작가만의 향기가 우리들의 마
음에 차오릅니다.

반인자 선생님은 서울에 계시다가 조용하고 깨끗한 시골
로 내려가 동시와 동화를 열심히 쓰시는 분입니다. 선생님은
동시와 동화를 농사짓는다고 하십니다. 그 두 번째 수확물로
이번에 동화집 『송화네 통통통 통통배』를 어린이 여러분에
게 선물하게 되었습니다.

반인자 선생님이 여러분에게 선물하는 동화를 베어 물면
어떤 맛이 날까요? 바로 어린이가 예쁘고 사랑스러워서 어쩔
줄 모르는 마음이 물씬 풍길 것입니다.

좋아라, 좋아라
아이만 보면 그냥
행복해져요.

예뻐라, 예뻐라
아이만 보면 그냥
시간 가는 줄 몰라요.

　반인자 선생님의 동화를 읽다보면 그 동화 속에 작가의 이런 마음의 노래가 들려오는 듯합니다.
　이렇게 어린이를 좋아하고, 사랑하고, 쓰다듬고 싶어 하는 작가는 어린이와 같은 눈높이로 서서 이야기할 줄 압니다. 어른이 어린이에게 들려주는 이야기가 아니라 어린이와 마음이 통하는 친구가 되어 소곤소곤 대화를 하는 것입니다.
　동화집 『송화네 통통통 통통배』를 손에 든 어린이 여러분,
　동화를 읽으면서, 햇볕처럼 따스한 반인자 선생님의 어린이 사랑을 듬뿍 받고, 행복하세요. 그리고 소곤소곤 마음이 통하는 대화를 하면서 즐거운 시간 되세요.

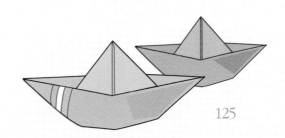

송화네 통통통 통통배

초판 인쇄 2014년 12월 22일
초판 발행 2014년 12월 29일

지은이 | 반인자
그린이 | 이예린
펴낸이 | 서영애
펴낸곳 | 대양미디어

등록 | 2004년 11월 8일 제2-4058호
주소 | 서울시 중구 충무로5가 8-5 삼인빌딩 303호
전화 | 02-2276-0078
팩스 | 02-2267-7888
전자우편 | sdanbi@kornet.net

값 | 10,000원
ISBN 978-89-92290-77-7 63810

＊ 파본은 교환하여 드립니다.
＊ 이 책은 안산시 문예진흥기금 일부를 지원받아 출판했습니다.

이 도서의 국립중앙도서관 출판시도서목록(CIP)은 서지정보유통지원시스템 홈페이지
(http://seoji.nl.go.kr)와 국가자료공동목록시스템(http://www.nl.go.kr/kolisnet)에서
이용하실 수 있습니다.(CIP제어번호 : CIP2014036673)